La ley del menor

Ian McEwan

La ley del menor

Traducción de Jaime Zulaika

EDITORIAL ANAGRAMA

BARCELONA

Título de la edición original:
The Children Act
Jonathan Cape
Londres, 2014

Ilustración: foto © Steve Banks

Primera edición: octubre 2015

Diseño de la colección: Julio Vivas y Estudio A

© De la traducción, Jaime Zulaika, 2015

© Ian McEwan, 2014

© EDITORIAL ANAGRAMA, S. A., 2015
    Pedró de la Creu, 58
    08034 Barcelona

ISBN: 978-84-339-7935-3
Depósito Legal: B. 18268-2015

Printed in Spain

Liberdúplex, S. L. U., ctra. BV 2249, km 7,4 - Polígono Torrentfondo
08791 Sant Llorenç d'Hortons

A Ray Dolan

Cuando un tribunal se pronuncia sobre cualquier cuestión relativa a [...] la educación de un niño [...] el bienestar del menor será la consideración primordial del juez.

Sección I (a), Ley del Menor (1989)

1

Londres. Una semana después de iniciado el Trinity Term.[1] Clima implacable de junio. Fiona Maye, magistrada del Tribunal Superior de Justicia, tumbada de espaldas una noche de domingo en un diván de su domicilio, miraba por encima de sus pies, enfundados en unas medias, hacia el fondo de la habitación, hacia unas estanterías empotradas, parcialmente visibles junto a la chimenea y, a un costado, al lado de una ventana alta, a una litografía de Renoir de una bañista, comprada treinta años antes por cincuenta libras. Probablemente falsa. Debajo, en el centro de una mesa redonda de nogal, un jarrón azul. No recordaba de dónde lo había sacado. Ni cuándo fue la última vez que lo llenó de flores. La chimenea llevaba un año sin encenderse. Gotas de lluvia ennegrecidas caían con un sonido de tictac en la rejilla a intervalos irregulares, sobre un papel de periódico hecho una bola. Una alfombra de Bujará cubría los anchos tablones encerados del suelo. En el borde de la visión periférica, un piano de media cola

1. En el ámbito judicial británico, uno de los cuatro periodos de los tribunales, que va del 22 de mayo al 12 de junio. *(N. del T.)*

11

con fotos de familia enmarcadas en plata sobre el brillo del mueble, de un negro muy oscuro. En el suelo, junto al diván, al alcance de su mano, el borrador de una sentencia. Y Fiona, tumbada de espaldas, deseaba que todas aquellas hojas estuviesen en el fondo del mar.

Tenía en la mano su segundo whisky escocés con agua. Estaba temblorosa, todavía reponiéndose de un mal momento con su marido. Rara vez bebía, pero el Talisker con agua del grifo era un bálsamo, y pensó que quizá cruzaría la habitación hasta el aparador en busca de un tercero. Menos whisky y más agua, porque al día siguiente trabajaba en la audiencia y ahora estaba de guardia, disponible para cualquier exigencia repentina, aunque estuviera tendida para recuperarse. Él había declarado algo horrible y le había impuesto una carga intolerable. Por primera vez en años ella había gritado, y un débil eco resonaba todavía en sus oídos. «¡Idiota! ¡Puto *idiota!*» No había jurado en voz alta desde sus visitas a Newcastle, cuando era una despreocupada adolescente, aunque se le colaba una palabrota en el pensamiento alguna vez en que oía un testimonio exculpatorio o una improcedente exposición jurídica.

Y después, no mucho después del exabrupto, jadeante de indignación, había dicho en voz alta, por lo menos dos veces:

–¿Cómo te *atreves?*

Apenas era una pregunta, pero él contestó con calma.

–Lo necesito. Tengo cincuenta y nueve años. Es mi último cartucho. Todavía no he visto pruebas de que exista otra vida después de ésta.

Era una observación pretenciosa y ella no había encontrado una réplica. Se limitó a mirarle fijamente y quizá boquiabierta. Entonces no había sabido qué decir y ahora, en el diván, se le ocurrió una respuesta: «¿Cincuenta y nueve? ¡Jack, tienes *sesenta!* Es lastimoso, es banal.»

Lo que en realidad había dicho fue muy pobre:

—Es demasiado ridículo.

—Fiona, ¿cuándo fue la última vez que hicimos el amor?

¿Cuándo? Él ya lo había preguntado antes, con un tono que iba desde lastimero a quejumbroso. Pero puede ser difícil recordar el embrollo formado por el pasado reciente. En el Tribunal de Familia abundaban las discrepancias extrañas, las argucias, las medias verdades íntimas, las acusaciones exóticas. Como en todas las ramas del Derecho, había que asimilar rápidamente las sutiles circunstancias particulares. La semana anterior había oído las alegaciones definitivas de unos padres judíos, con distinto grado de ortodoxia, que al divorciarse se disputaban la educación de sus hijas. Tenía a su lado, en el suelo, el borrador terminado de la sentencia. Al día siguiente comparecería de nuevo ante ella una inglesa desesperada, pálida, demacrada, que poseía una titulación superior y que era madre de una niña de cinco años y estaba convencida, a pesar de las garantías dadas al tribunal de lo contrario, de que el padre de su hija, un hombre de negocios marroquí, musulmán estricto, estaba a punto de sustraerla a la jurisdicción inglesa para llevársela a una nueva vida en Rabat, donde tenía intención de afincarse. Por lo demás, altercados rutinarios por el lugar de residencia de unos niños, litigios motivados por viviendas, pensiones, ingresos, herencias. Eran los patrimonios más grandes los que llegaban al Tribunal Superior. En general, la riqueza no deparaba una felicidad duradera. Los padres pronto aprendían el nuevo vocabulario y los lentos procedimientos legales, y les aturdía encontrarse enzarzados en feroces combates con la persona a la que habían amado. Y aguardando entre bastidores, niños y niñas designados por su nombre de pila en los documentos judiciales, pequeños Bens y Sarahs atribulados, acurrucados juntos mientras los dioses por encima de ellos luchaban hasta el final, desde el juzgado de Familia hasta el Tribunal Superior y el Tribunal de Apelación.

Toda esta tristeza presentaba temas comunes, había en ellos una semejanza humana, pero seguía fascinándola. Creía que aportaba soluciones razonables a situaciones sin salida. En conjunto, creía en las disposiciones del derecho de familia. En sus momentos de optimismo lo consideraba un indicador importante del progreso de la civilización, porque prevalecían en las leyes las necesidades de los niños sobre las de sus padres. Sus jornadas de trabajo eran completas, y por la noche, últimamente, figuraban en su agenda cenas diversas, algún acto en Middle Temple por un colega que se jubilaba, un concierto en Kings Place (Schubert, Scriabin), y taxis, metro, pasar a recoger ropa de la tintorería, redactar una carta para una escuela especial recomendando al hijo autista de la asistenta, y por último dormir. ¿Dónde quedaba el sexo? En aquel momento, no lo recordaba.

–No llevo la cuenta.

Jack abrió las manos, como demostración de lo que había dicho.

Fiona le había observado mientras él cruzaba la habitación y se servía un trago de whisky, el Talisker que ahora ella estaba bebiendo. En los últimos tiempos él parecía más alto, más desenvuelto. Mientras le daba la espalda ella tuvo un frío presentimiento de rechazo, de la humillación de que la abandonaran por una mujer más joven, de que la relegasen, inservible y sola. Se preguntó si debería acceder simplemente a lo que él quisiera, y luego rechazó la idea.

14

Él se había vuelto hacia ella con el vaso. No le ofrecía un Sancerre, como solía hacer hacia esa hora.

—¿Qué quieres, Jack?

—Voy a vivir esta aventura.

—Quieres el divorcio.

—No. Quiero que todo siga igual. Sin engaños.

—No lo entiendo.

—Sí lo entiendes. ¿No me dijiste una vez que los matrimonios que llevan muchos años casados aspiran a ser como hermanos? Hemos llegado a ese punto, Fiona. Me he convertido en tu hermano. Es agradable y bonito y te quiero, pero antes de caerme muerto quiero vivir una gran relación apasionada.

Confundiendo el grito ahogado de asombro, quizá de burla, que lanzó Fiona, dijo ásperamente:

—Un éxtasis cuya emoción casi te ciega. ¿Te acuerdas? Quiero un último intento, aunque tú no quieras. O quizá quieres.

Ella le miró, incrédula.

—O sea que ya está.

Fue entonces cuando ella recuperó la voz y le dijo lo idiota que era. Tenía un concepto rígido de lo que era convencionalmente correcto. Que él siempre le hubiera sido fiel, que ella supiera, hacía que su propuesta fuera aún más indignante. O si la había engañado en el pasado lo había hecho de maravilla. Fiona ya conocía el nombre de la mujer. Melanie. No tan lejano del nombre de una forma mortal de cáncer de piel. Sabía que el idilio de Jack con aquella especialista en estadística que tenía veintiocho años podría destruirla.

—Si lo haces habremos terminado. Así de claro.

—¿Es una amenaza?

—Una solemne promesa.

Para entonces ella ya había recobrado la compostura. Y parecía sencillo. El momento de proponer un matrimonio abierto era antes de la boda, no treinta y cinco años más tarde. ¡Arriesgar todo lo que tenían para que él pudiese revivir una vivencia sensual pasajera! Cuando trataba de imaginarse deseando algo semejante para sí misma –su «última aventura» sería la primera– sólo se le ocurría pensar en trastornos, citas, decepción, llamadas telefónicas a deshoras. Toda aquella falacia, el trance de aprender a compartir la cama con otra persona, de inventar nuevas expresiones de cariño. Por último el esclarecimiento necesario, el esfuerzo que exigía ser franco y sincero. Y que nada fuese exactamente lo mismo cuando la intrusa se marchara. No, prefería una existencia imperfecta, la que tenía ahora.

Pero en el diván se alzó ante ella el auténtico alcance del insulto, el hecho de que él estuviese dispuesto a pagar por sus placeres con la desdicha de su esposa. Despiadado. Había visto la determinación de Jack frente a otras personas, casi siempre por una buena causa. Esto era nuevo. ¿Qué había cambiado? Él se había mantenido erguido, con los pies muy separados mientras se servía su whisky de malta, moviendo los dedos de la mano libre al compás de una melodía que escuchaba mentalmente, quizá de alguna canción que había oído con Melanie, no con ella. Herirla sin que le importase: eso era lo nuevo. Siempre había sido un hombre afable, bueno y leal, y la bondad, como demostraba a diario el Tribunal de Familia, era el ingrediente humano esencial. Ella tenía el poder de retirar a un niño de la tutela maligna de un padre o una madre y en ocasiones lo hacía. Pero ¿arrancarse a sí misma de un marido malvado? ¿Cuando estaba débil y desolada? ¿Dónde estaba la protección de su juez?

16

Le avergonzaba la compasión que otros sentían por ellos mismos, y ahora no iba a sucumbir a ella. Optó por tomarse un tercer whisky. Pero sólo se sirvió una cantidad simbólica, añadió mucha agua y se volvió al diván. Sí, había sido una conversación de la que debería haber tomado notas. Era importante recordar, medir el insulto meticulosamente. Cuando le amenazó con poner fin al matrimonio si él seguía adelante, él se había limitado a repetirse, le había repetido lo mucho que la amaba, que siempre la amaría, que no había otra vida que la que estaban viviendo, que su insatisfacción sexual le hacía muy infeliz, que tenía aquella oportunidad y quería aprovecharla con su conocimiento y, confiaba, su consentimiento. Le hablaba abiertamente. Podría haberlo hecho «a sus espaldas». Sus flacas, implacables espaldas.

–Oh –murmuró Fiona–. Muy decente por tu parte, Jack.

–Bueno, en realidad... –dijo, y no terminó.

Ella adivinó que estaba a punto de decirle que la aventura ya había empezado y no soportó oírlo. No le hacía falta. Lo veía. Una estadística bonita que contaba con la probabilidad cada vez menor de que un hombre volviera con una cónyuge amargada. Vio una mañana soleada, un cuarto de baño desconocido y a Jack, todavía pasablemente musculoso, sacándose por la cabeza, con su típica impaciencia, una camisa blanca de lino limpia, abotonada a medias, y arrojándola al cesto de la ropa sucia, donde quedaba colgada de un brazo antes de deslizarse al suelo. Perdición. Sucedería, con o sin su consentimiento.

–La respuesta es no. –Había ido elevando la voz, como una maestra severa. Añadió–: ¿Qué otra cosa esperabas que dijera?

Se sintió indefensa y quiso poner fin a la conversación. Tenía que aprobar una sentencia antes del día siguiente para su publicación en los *Informes del derecho de familia*. El fallo que había emitido en el tribunal había ya decidido la suerte de dos colegialas judías, pero había que pulir la prosa, así como mostrar el respeto debido a la piedad con el fin de que constituyese una prueba contra una apelación. Fuera, una lluvia estival repiqueteaba contra las ventanas; a lo lejos, más allá de Gray's Inn Square, unos neumáticos silbaban sobre el asfalto empapado. Él la abandonaría y el mundo seguiría su curso.

Jack había tensado la cara mientras se encogía de hombros y se volvía para salir de la habitación. Al verle retirarse de espaldas ella experimentó el mismo miedo intenso. Le habría llamado, de no ser por el temor de que él la ignorase. ¿Y qué podía decirle? Abrázame, bésame, ve con esa chica. Había oído sus pasos en el pasillo, cómo se cerraba firmemente la puerta del dormitorio conyugal, y después el silencio que se instauraba en la vivienda, el silencio y la lluvia que llevaba un mes sin escampar.

Primero los hechos. Ambas partes procedían de los segmentos más herméticos de la ultraortodoxa comunidad jaredí del norte de Londres. El matrimonio de los Bernstein fue concertado por sus padres sin ninguna expectativa de disensión. Concertado, no forzado, insistían ambas partes, en un raro acuerdo. Durante trece años todos convinieron, incluidos el mediador, la asistenta social y el juez, en que se trataba de un matrimonio irreparable. La pareja estaba ya separada. Entre los dos, con dificultades, cuidaban de las dos niñas, Rachel y Nora, que vivían con la madre y tenían un frecuente contacto con el padre. La ruptura conyugal había empezado en los primeros años. Tras el

18

parto difícil de la segunda hija, la madre ya no podía concebir a causa de una intervención quirúrgica radical. La dolorosa desavenencia comenzó porque al padre le ilusionaba la idea de tener una familia numerosa. Al cabo de un período de depresión (prolongada, dijo el padre; breve, dijo la madre), ella estudió en la universidad a distancia, obtuvo buenas calificaciones y emprendió una carrera docente en la enseñanza primaria en cuanto la hija más pequeña empezó la escuela. Este arreglo no satisfizo al padre ni a los muchos parientes. Entre los jaredíes, cuyas tradiciones se mantuvieron intactas durante siglos, se suponía que las mujeres debían tener hijos, cuantos más mejor, y ocuparse de la casa. Un título universitario y un trabajo eran dos cosas sumamente infrecuentes. El padre convocó como testigo a una persona respetada, bien situada en la comunidad, que corroboró este criterio.

Tampoco los hombres recibían mucha instrucción. A partir de los doce o trece años se esperaba que dedicasen la mayor parte del tiempo a estudiar la Torá. Por lo general no iban a la universidad. En parte por este motivo, muchos jaredíes eran de recursos modestos. Pero no los Bernstein, aunque lo serían cuando abonasen los honorarios de sus abogadas. Un abuelo copropietario de la patente de una máquina deshuesadora de aceitunas había puesto dinero para un acuerdo conjunto de la pareja. Esperaban gastar todo lo que tenían en sus letradas respectivas, y la juez conocía bien a las dos. En la superficie, la disputa concernía a la escolarización de Rachel y Nora. Sin embargo, lo que estaba en juego era el contexto entero de su educación. Era una pelea por sus almas.

Los niños y las niñas jaredíes se educaban por separado para preservar su pureza. Tenían prohibidas la ropa de moda, la televisión e Internet, así como relacionarse con niños a los que se les permitían estas distracciones. Les vetaban los hogares donde no se observaban las estrictas normas kosher. Costumbres establecidas regulaban todos los aspectos de la vida cotidiana. El problema había empezado con la madre, que estaba rompiendo con la comunidad, aunque no con el judaísmo. No obstante las objeciones del padre, ya había enviado a las niñas a una escuela judía mixta de enseñanza secundaria donde permitían la televisión, la música pop, Internet y el trato con niños no judíos. Quería que sus hijas siguieran en la escuela hasta después de los dieciséis años y que fueran a la universidad si lo deseaban. En su alegato escrito declaraba que quería que sus hijas supieran más cosas sobre cómo vivían otras personas, que fueran socialmente tolerantes y que tuvieran las oportunidades laborales que ella no había tenido, y que al llegar a adultas fuesen económicamente autosuficientes y pudieran encontrar la clase de marido con cualificación profesional que las ayudara a mantener una familia. A diferencia del suyo, que consagraba todo su tiempo al estudio de la Torá y a difundir su enseñanza gratuitamente ocho horas por semana.

Por muy razonable que fuera su caso, Judith Bernstein —una mujer pelirroja de cara angulosa y el pelo crespo, sin cubrir y sujeto por un enorme pasador azul— no era una presencia fácil en el juicio. Sus dedos agitados y pecosos pasaban continuamente notas a su abogada, lanzaba muchos suspiros mudos, ponía los ojos en blanco y fruncía los labios cada vez que hablaba la letrada de su marido, rebuscaba y removía inoportunamente dentro de un bolso desmesurado de piel de camello y sacaba de él, en un momento de desánimo de una larga tarde, un paquete de tabaco y un mechero —objetos sin duda provocativos en el ideario de su marido— y los colocaba uno junto a otro para tenerlos a mano cuando se levantara la sesión. Fiona veía todo esto desde la altura de su asiento, pero fingía no verlo.

El alegato del señor Bernstein pretendía convencer a la jueza de que su cónyuge era una mujer egoísta con problemas «para contener la ira» (en la sección de familia, una acusación muy común, a menudo mutua), que había incumplido sus votos matrimoniales, discutido con los padres del marido y con su comunidad, y que había apartado de ambos a sus hijas. Al contrario, dijo Judith en el estrado, eran sus suegros los que no querían verla a ella ni a las niñas hasta que hubieran vuelto al buen camino y renunciado al mundo moderno, incluidos los medios de comunicación social, y hasta que vivieran en una casa kosher, tal como ellos la entendían.

Julian Bernstein, alto y flaco como uno de los juncos que ocultaron a Moisés de niño, estaba encorvado con aire de disculpa sobre unos papeles judiciales y se mesaba los tirabuzones, ceñudo, mientras su abogada acusaba a su consorte de no distinguir entre sus propias necesidades y las de sus hijas. Lo que ella decía que necesitaban era lo que quería para ella. Estaba arrancando a las niñas de un entorno familiar seguro y acogedor, disciplinado pero afectuoso, cuyas normas y observancias preveían todas las contingencias, cuya identidad era clara, cuyos métodos avalaban una serie de generaciones y cuyos miembros eran, en general, más felices y se sentían más realizados que las personas integradas en el ámbito exterior, secular y consumista, en un mundo que se mofaba de la vida espiritual y denigraba a niñas y mujeres con su cultura de masas. Sus ambiciones de madre eran frívolas, sus métodos irrespetuosos y hasta destructivos. Amaba a sus hijas mucho menos de lo que se amaba a sí misma.

21

A lo cual Judith replicó con voz ronca que nada denigraba más a un niño o a una niña que negarle una educación decente y la dignidad de un trabajo adecuado; que a lo largo de toda su infancia y adolescencia le habían inculcado que su única misión en la vida era llevar una casa agradable para su marido y ocuparse de sus hijos, y esto también era menospreciar su derecho a elegir un destino propio. Cuando estudiaba, con gran dificultad, en la universidad a distancia, había afrontado el ridículo, el desprecio y los anatemas. Se había prometido a sí misma que sus hijas no sufrirían las mismas limitaciones.

Los letrados de la parte contraria habían llegado al acuerdo tácito (porque era claramente el criterio de la juez) de que no sólo se trataba de una cuestión educativa. El tribunal tenía que elegir, en nombre de las niñas, entre una religión total y algo más restringido. Entre culturas, identidades, estados mentales, aspiraciones, una serie de relaciones familiares, definiciones fundamentales, lealtades básicas, futuros imprevisibles.

En estas materias existía una predisposición innata en favor del statu quo, siempre y cuando pareciese benigno. El borrador de la sentencia de Fiona tenía veinte páginas y formaba un amplio abanico extendido en el suelo a la espera de que ella lo recogiera, hoja por hoja, para marcarlo con un lápiz fino.

Del dormitorio no le llegaba ningún sonido, nada más que el susurro del tráfico que circulaba bajo la lluvia. Le molestaba aguzar el oído de aquella manera, con la atención en suspenso, conteniendo la respiración para captar el crujido de la puerta o de una tabla del suelo. Deseaba y temía oírlo.

Incluso en su ausencia, Fiona Maye recibía elogios de sus colegas magistrados por su prosa escueta, casi irónica, casi cálida, y por los términos concisos con que exponía un litigio. Al propio presidente del Tribunal Superior le habían oído comentar sobre ella en un aparte murmurado durante el almuerzo: «Divina distancia, comprensión diabólica y una belleza que no se desvanece.» La opinión de Fiona era que con el paso de los años tendía un poco más a una exactitud que algunos podrían haber considerado pedante, a la definición irrefutable que algún día podría ser objeto de citas frecuentes, como las de Hoffmann en *Piglowska contra Piglowski,* o de Bingham o Ward o del indispensable Scarman, de todos los cuales se había servido en aquel caso. Allí mismo, de hecho, en la mustia primera página que colgaba de sus dedos, sin que aún la hubiera examinado a fondo. ¿Estaba a punto de cambiar su vida? ¿Cuánto tardarían sus doctos amigos en empezar a murmurar, sobrecogidos durante el almuerzo aquí, o en el Lincoln, o en Middle Temple: *¿Y entonces ella le echó de casa?* ¿Del encantador apartamento de Gray's Inn, que ella ocuparía sola hasta que al final el alquiler, o los años, creciendo como las sombrías mareas del Támesis, también la echaran a ella?

Se concentró en su tarea. Sección primera. «Antecedentes». Tras algunas observaciones rutinarias sobre el modo de vida, el domicilio de los niños y su contacto con el padre, describía en un párrafo aparte a la comunidad jaredí y el hecho de que en ella la práctica religiosa constituía todo un estilo de vida. La distinción entre lo que se daba a Dios y lo que se daba al César carecía de sentido, al igual que para los musulmanes practicantes. El lápiz quedó suspendido en el aire. Asociar a los musulmanes con los judíos, ¿no podría parecer innecesario o provocativo, al menos para el padre? Sólo si no era un hombre razonable, y pensó que no lo era. Lo tachó.

La segunda sección se titulaba: «Diferencias morales».

Al tribunal se le pedía que escogiese una educación para dos niñas, que eligiera entre valores. Y en un caso semejante de poco servía apelar a lo que la sociedad consideraba generalmente aceptable. En este punto citaba al juez Hoffmann. «Son juicios de valor sobre los cuales pueden discrepar personas razonables. Puesto que los jueces son también personas, esto significa que es inevitable cierto grado de diversidad en su aplicación de los valores...»

En el gusto que recientemente estaba desarrollando por la digresión paciente y rigurosa, Fiona dedicó varios cientos de palabras a definir la asistencia social y después a una consideración de los criterios a los que se podía asociar esta asistencia. A imitación del juez Hailsham, concedía que el concepto era inseparable del bienestar e incluía todo lo referente al desarrollo del niño como persona. Agradecía a Tom Bingham al aceptar que estaba obligada a adoptar un punto de vista a medio y largo plazo, teniendo presente que un niño actual bien podría vivir hasta el siglo XXII. Citaba de una sentencia dictada en 1893 por el juez Lindley el hecho de que la asistencia social no debía evaluarse únicamente en términos económicos o simplemente en lo relativo a la comodidad física. Ella adoptaría el criterio más amplio posible. La asistencia social, la felicidad, el bienestar debían englobar el concepto filosófico de la buena vida. Enumeraba algunos elementos importantes, objetivos hacia los que podría evolucionar un niño. La libertad económica y moral, la virtud, la compasión y el altruismo, un trabajo satisfactorio mediante la aceptación de tareas exigentes, una red floreciente de relaciones personales, la conquista de la estima ajena, la consecución de un mayor sentido para la propia existencia y la posesión central en la vida de un pequeño número de relaciones trascendentes, todas ellas definidas por el amor.

Sí, pero a ella empezaba a faltarle este último requisito esencial. Tenía a su lado, intacto, un vaso con whisky y agua, y ahora le repelió su color amarillo de orina, su invasivo olor a corcho. Debería estar más furiosa, debería estar hablando con una vieja amiga –tenía varias–, debería irrumpir en el dormitorio y exigir más explicaciones. Pero se sentía reducida a un punto geométrico de determinación inquieta. Tenía que trabajar, la sentencia debía estar lista para imprimir a la hora límite del día siguiente. Su vida personal no contaba. O no debería haber contado. Su atención estaba dividida entre la hoja que tenía en la mano y, a quince metros de distancia, la puerta del dormitorio cerrado. Se obligó a leer un largo párrafo sobre el cual había dudado en el momento en que lo había enunciado en voz alta en la audiencia. Pero no había nada de malo en una vigorosa declaración de algo obvio. El bienestar era *social*. La intrincada red de relaciones de un niño con su familia y amigos era el elemento crucial. Ningún niño era una isla. El hombre es un animal social, según la célebre frase de Aristóteles. Se hizo a la mar con cuatrocientas palabras sobre este tema y referencias eruditas (Adam Smith, John Stuart Mill) que le hinchaban las velas. Eran los asideros civilizados que todo buen juez necesita.

Y a continuación, el bienestar era un concepto *mudable*, que había que evaluar con los parámetros del hombre y la mujer razonables de hoy día. Lo que bastaba para una generación anterior ahora podía ser insuficiente. Y además no era competencia del tribunal laico dirimir sobre las creencias religiosas y las disparidades teológicas. Todas las religiones merecían respeto siempre que fueran, en la expresión del juez Purchas, «jurídica y socialmente aceptables», y no, según la fórmula más oscura del juez Scarman, «inmoral o socialmente nocivas».

25

Los tribunales deberían tomarse las cosas con calma antes de intervenir en beneficio de un niño y en contra de los principios religiosos de los padres. A veces tenían que hacerlo. ¿Pero cuándo? Respondía mencionando una de sus fuentes predilectas, el sensato juez Munby, del Tribunal de Apelación. «La infinita variedad de la condición humana impide definiciones arbitrarias.» El admirable toque shakespeariano. *Ninguna costumbre marchitaba su infinita variedad.* Estas palabras la descaminaron. Se sabía de memoria el parlamento de Enobarbus, porque lo había interpretado una vez cuando estudiaba Derecho, en una función exclusivamente de mujeres, en un césped de Lincoln's Inn Fields una tarde soleada de mediados de verano. Cuando hacía poco que su espalda dolorida se había liberado del peso de los exámenes para el título de abogada. Por esa época Jack se enamoró de ella y, no mucho después, ella de él. Hicieron el amor por primera vez en un desván que les prestaron, achicharrados bajo su tejado por el sol de la tarde. Por una ventana en el techo que no se podía abrir se veía hacia el este un tramo del Támesis fluyendo hacia el Pool de Londres.

Pensó en Melanie, la estadística –la había visto una vez–, la amante que Jack se proponía tener o que ya tenía, una joven silenciosa, con pesados abalorios de ámbar y una afición a los tacones de aguja que podían destrozar un viejo suelo de roble. *Otras mujeres empalagan / los apetitos que sacian, pero ella los despierta / cuando más los satisface.* Podría ser así, una obsesión venenosa, una adicción que le arrastraba fuera del hogar, le desfiguraba, consumía todo el pasado y el futuro que poseían, además del presente. O Melanie pertenecía, como también claramente Fiona, a las «otras mujeres», las que empalagan, y él volvería dentro de dos semanas con el apetito saciado y haciendo planes para las vacaciones familiares.

Las dos perspectivas eran insoportables. Insufribles y fascinantes. E intrascendentes. Se forzó a concentrarse en las páginas, en el resumen de las pruebas aportadas por ambas partes, con la eficiencia y la seca comprensión necesarias. Después, en su versión del informe de la asistenta social nombrada por el tribunal. Una joven regordeta y bienintencionada a la que a menudo le faltaba el resuello, que andaba despeinada y llevaba sin remeter ni abrochar la blusa. Caótica, había llegado tarde dos veces a la vista a causa de un problema complicado con las llaves del coche y unos documentos bajo llave en la guantera y un niño al que tenía que recoger en la escuela. Pero, en lugar del habitual titubeo para complacer a las dos partes, el informe de la funcionaria de la Cafcass, el servicio de asesoramiento en los tribunales de familia, era sensato, hasta incisivo, y Fiona lo aprobaba en el texto. ¿Y a continuación?

Levantó la mirada y vio a su marido en el otro extremo de la habitación, sirviéndose otro whisky, uno grande, tres dedos, quizá cuatro. Y ahora estaba descalzo, tal como él, académico bohemio, a menudo iba en verano dentro de casa. De ahí su silenciosa entrada. Probablemente había estado tumbado en la cama, contemplando las molduras como de encaje del techo durante media hora y reflexionando sobre lo irrazonable que era Fiona. La tensión de los hombros encorvados y el modo en que cerró la botella –estampando el tapón con la base del pulgar– indicaban que se había armado para una discusión. Ella conocía las señales.

Él se volvió y se dirigió hacia ella con la bebida aún sin diluir. Las niñas judías, Rachel y Nora, debían de gravitar a la espalda de Fiona como ángeles cristianos a la espera. El dios secular de ellas tenía problemas propios.

Desde su bajo campo de visión, alcanzaba a ver bien las uñas de los pies de Jack, bien recortadas y cuadradas, con las lúnulas juveniles y relucientes y sin rastro de las marcas micóticas que ella tenía en los dedos de los pies. Jack se mantenía en forma jugando al tenis en la facultad y con un juego de pesas que tenía en su estudio y que aspiraba a levantar cien veces cada día. Ella se conformaba con poco más que acarrear su bolsa de documentos por los juzgados hasta su despacho, y prefería subir por la escalera que en el ascensor. Él era guapo al margen de los cánones de belleza, tenía una mandíbula cuadrada asimétrica y una sonrisa amplia, característica de quien se apunta a cualquier cosa, que encantaba a sus alumnas, que no se esperaban un aire disoluto en un profesor de historia antigua. Ella nunca había pensado que él tocara a las chicas un pelo de la ropa. Ahora todo parecía distinto. Quizá seguía siendo una inocente, a pesar de toda una vida en contacto con la debilidad humana, y la excluía mecánicamente en Jack y en ella. El único libro para el lector no académico que él había escrito, una vida sucinta de Julio César, le deparó una notoriedad breve, callada y respetable. Alguna coqueta descarada de segundo curso podría habérsele puesto irresistiblemente a mano. Había, o había habido, un sofá en su despacho. Y un letrero de *Ne pas déranger* traído del Hôtel de Crillon al final de su luna de miel, mucho tiempo atrás. Eran pensamientos nuevos, de este modo el gusano de la sospecha emponzoñaba el pasado.

Jack se sentó en la butaca más cercana.

–Te lo diré, ya que no has podido responder a mi pregunta. Hace siete semanas y un día. Sinceramente, ¿estás satisfecha así?

Ella dijo, en voz baja:

–¿Ya estás viviendo esa aventura?

Él sabía que la mejor manera de responder a una pregunta difícil era hacer otra.

—¿Crees que somos demasiado viejos? ¿Es eso?

—Porque si es así me gustaría que hicieras tu equipaje ahora y te marcharas —dijo ella.

Un movimiento autodestructivo, sin premeditarlo, el trueque de su torre por el caballo de él, un completo disparate y sin vuelta atrás. Si él se quedaba, la humillación; si se iba, el abismo.

Estaba sentado en su butaca, un mueble con tachones, de madera y cuero, y aspecto de instrumento de tortura medieval. A ella nunca le había gustado el gótico victoriano, y ahora menos que nunca. Él cruzó el tobillo por encima de la rodilla y la miró con la cabeza ladeada y una expresión de tolerancia o compasión, y ella apartó la mirada. Siete semanas y un día poseía también un timbre medieval, como una sentencia dictada por un antiguo tribunal penal. La trastornaba pensar que quizá la conducta de Jack tuviera fundamento. Su vida sexual había sido satisfactoria durante muchos años, regular y de una concupiscencia nada complicada, los días laborables a primera hora, en cuanto despertaban, antes de que las tareas cegadoras de la jornada de trabajo traspasaran las gruesas cortinas del dormitorio. Los fines de semana, por la tarde, a veces después de jugar al tenis, una partida de dobles social en Mecklenburgh Square. Borrando toda censura por las pifias de tu compañero de juego. De hecho era una vida erótica profundamente placentera, y funcional, en el sentido de que les introducía suavemente en el resto de su vida, y sin palabras, lo cual era uno de sus goces. Ni siquiera tenían un vocabulario al respecto; por eso le dolía oír a Jack mencionarlo ahora y por eso apenas había notado el lento declive del ardor y la frecuencia.

Pero ella siempre le había amado, era siempre cariñosa, leal, atenta; el año pasado, por ejemplo, le había cuidado tiernamente cuando él se rompió la pierna y la muñeca en Méribel durante una ridícula carrera de descenso en esquí con viejos amigos del colegio. Ella le satisfacía sexualmente, se le sentaba a horcajadas, recordaba ahora, mientras él yacía sonriendo en medio del esplendor calcáreo de su envoltura de yeso de París. Ella no sabía cómo referirse a aquellas cosas para defenderse, y además no eran el terreno en que la atacaban. Era pasión, no devoción, lo que le faltaba.

Y luego estaba la edad. No el deterioro total, no todavía, pero asomaba su precoz promesa, de la misma manera en que se podría, a una luz determinada, captar un vislumbre del adulto en la cara de un niño de diez años. Si Jack, despatarrado enfrente de ella, le parecía absurdo durante esta conversación, cuánto más debía de parecérselo ella a él. El vello blanco de su pecho, del que seguía estando orgulloso, se curvaba sobre el botón superior de la camisa sólo para declarar que ya no era negro; el pelo de la cabeza, que raleaba monacalmente, con arreglo a la pauta hereditaria, se lo había dejado largo a modo de compensación poco convincente; las pantorrillas eran menos musculosas, no le rellenaban del todo los vaqueros, los ojos contenían un tenue atisbo de vacuidad futura, a juego con las mejillas hundidas. Entonces, ¿qué decir de los tobillos de Fiona, que engordaban en coqueta respuesta, del trasero que se inflaba como cúmulos veraniegos, de la cintura que adquiría una rotundidad cerosa a medida que retrocedían sus encías? Todo esto todavía en paranoicos milímetros. Mucho peor aún, la afrenta especial que los años reservaban a algunas mujeres cuando las comisuras de su boca iniciaban el descenso hacia una expresión de reproche constante. Muy apropiado en una jueza con peluca que desde su trono fruncía el ceño al abogado. ¿Pero en una amante?

Y allí estaban, como adolescentes, aprestándose para deliberar sobre la causa de Eros.

Tácticamente astuto, él hizo caso omiso de su ultimátum. Dijo, en cambio:

—No creo que debamos desistir, ¿y tú?

—Tú eres el que se va.

—Creo que tú también tienes que ver en esto.

—Yo no soy la que está a punto de destruir nuestro matrimonio.

—Eso lo dices tú.

Lo dijo serenamente, proyectando las cuatro palabras hasta la cueva profunda de la duda personal de Fiona, amoldándolas a su inclinación a creer que en un conflicto tan embarazoso como aquél era probable que estuviese equivocada.

Él dio un sorbo cuidadoso de whisky. No iba a emborracharse para reivindicar sus necesidades. Sería grave y racional cuando ella habría preferido que fuese ruidoso en el agravio.

Sosteniendo su mirada él dijo:

—Sabes que te quiero.

—Pero te gustaría tener una mujer más joven.

—Me gustaría tener una vida sexual.

Era una invitación a que ella formulara promesas efusivas, a atraerle hacia ella, a disculparse por estar atareada o cansada o indisponible. Pero ella miró a otra parte y no dijo nada. No iba a dedicarse, sometida a presión, a revivir una vida sensual por la que en aquel momento no sentía apetencia. Sobre todo porque sospechaba que la aventura ya había empezado. Él no se había molestado en negarlo y

31

ella no iba a preguntárselo de nuevo. No era sólo por orgullo. Aún temía la respuesta.

—Bueno —dijo él, al cabo de una larga pausa—. ¿Lo harías?

—No con esa pistola apuntando a mi cabeza.

—¿Qué quieres decir?

—Que o accedo o te vas con Melanie.

Estaba convencida de que él había comprendido muy bien lo que ella quería decir, pero también de que había querido que pronunciara el nombre de la mujer, cosa que ella nunca había hecho en voz alta. Esto produjo una tirantez o un temblor en la cara de Jack, un pequeño tic incontenible de excitación sexual. O era el crudo enunciado, el «te vas con». ¿Ya le había perdido? De repente se sintió mareada, como si la tensión arterial se le hubiese disparado después de un bajón. Se enderezó en el diván y depositó en la alfombra la hoja de la sentencia que todavía tenía en la mano.

—Las cosas no son así —estaba diciendo él—. Mira, dale la vuelta. Supongamos que yo estuviera en tu lugar y tú en el mío. ¿Qué harías?

—No me buscaría un hombre para luego abrir negociaciones contigo.

—¿Qué harías, entonces?

—Averiguaría lo que te preocupa.

Su voz sonó gazmoña para sus propios oídos.

Él hizo un gesto grandioso hacia ella con las dos manos.

—¡Muy bien! —El método socrático, que sin duda utilizaba con sus alumnos—. ¿Qué te preocupa?

No obstante toda la estupidez y la deshonestidad del diálogo, era la única pregunta y ella la había propiciado, pero él la había irritado, había condescendido a preguntárselo, y por el momento no le respondió, sino que miró más allá de Jack hacia el piano, que apenas había tocado durante dos semanas, y las fotos con marco de plata colocadas encima al estilo de una casa de campo. Eran fotos de los padres de ambos desde el día de la boda hasta la chochez, de las tres hermanas de él, los dos hermanos de ella, de sus mujeres y maridos actuales y pretéritos (por desleal que pudiera parecer, no habían erradicado a ninguno), de once sobrinos y sobrinas y luego de los trece hijos que a su vez ellos habían engendrado. La vida acelerando para poblar un pueblecito arracimado encima de un piano de media cola. Ella y Jack no habían aportado nada a nadie, aparte de reuniones familiares, regalos de cumpleaños casi todas las semanas, vacaciones de múltiples generaciones en el tipo más barato de castillo. Hospedaban a muchos familiares en su apartamento. Al fondo del pasillo había un trastero lleno de camas plegables, sillas de bebé y parques infantiles, y tres cestos de mimbre con juguetes masticados y descoloridos, listos para el usuario siguiente. Y aquel castillo estival, a quince kilómetros al norte de Ullapool, aguardaba su decisión. Según el folleto mal impreso, un foso, un puente levadizo que funcionaba y una mazmorra con ganchos y aros de hierro en el muro. Las torturas de otro tiempo eran ahora emocionantes para los menores de doce años. Fiona volvió a pensar en la sentencia medieval, siete semanas y un día, un período que empezó con las etapas finales del caso de los gemelos siameses.

Todo el horror y la compasión, y el dilema en sí, estaban en la fotografía que mostraron exclusivamente a la jueza. Hijos de padres jamaicano y escocesa, o viceversa, yacían uno sobre otro en una cama de una unidad pediátrica de cuidados intensivos, entre una maraña de aparatos de mantenimiento, unidos por la pelvis y con un único torso compartido, con las piernas abiertas en ángulo recto con sendas espaldas, semejantes a una estrella de mar de muchas puntas. Una cinta métrica adosada a lo largo de la incubadora mostraba que aquel dúo desamparado, demasiado humano, medía sesenta centímetros de largo. Su médula espinal, en la base de la columna vertebral, estaba fusionada, tenían los ojos cerrados y los cuatro brazos levantados en gesto de rendición ante la decisión del tribunal. Sus nombres apostólicos, Matthew y Mark, no habían estimulado unas ideas claras en algunos círculos. Matthew tenía la cabeza hinchada, sus orejas eran meras hendiduras de piel rosácea. La cabeza de Mark, debajo del gorro de lana de recién nacido, era normal. Sólo compartían un órgano, la vejiga, que en su mayor parte se encontraba en el abdomen de Mark y que, como observó un especialista, «evacuaba espontánea y libremente a través de dos uretras separadas». Matthew tenía el corazón grande pero «apenas se contraía». La aorta de Mark desembocaba en la de Matthew, y el corazón de Mark alimentaba a las dos. El cerebro de Matthew padecía una malformación grave e incompatible con un desarrollo normal, porque su cavidad torácica carecía de un tejido pulmonar operativo. Una de las enfermeras había dicho que «no tiene pulmones con los que gritar».

Mark era un lactante normal, se alimentaba y respiraba por los dos, hacía «todo el trabajo» y por lo tanto estaba anormalmente flaco. Sin nada que hacer, Matthew ganaba peso. Sin ninguna asistencia, el corazón de Mark tarde o temprano desfallecería por culpa del esfuerzo y los dos hermanos morirían. Matthew tenía pocas posibilidades de vivir más de seis meses. Cuando muriera se llevaría a su hermano consigo. Un hospital londinense estaba solicitando urgentemente permiso para separar a los gemelos y salvar a Mark, que tenía el potencial de ser un niño normal y saludable. Para hacerlo, los cirujanos tendrían que pinzar y a continuación cortar la aorta compartida, matando de este modo a Matthew. Y después iniciar una compleja serie de procedimientos de reconstrucción con Mark. Sus amantes padres, católicos fervientes que vivían en un pueblo de la costa norte de Jamaica, serenos en sus creencias, se negaban a aprobar el asesinato. Dios daba la vida y sólo Dios podía quitarla.

En parte, Fiona conservaba el recuerdo de un estruendo prolongado y atroz que le impedía concentrarse, mil alarmas de automóviles, mil brujas enloquecidas, que confería sustento al tópico: un titular sensacional. Médicos, clérigos, locutores de televisión y radio, columnistas de prensa, colegas, conocidos, taxistas, el conjunto del país tenía su opinión. Los elementos narrativos eran absorbentes: la tragedia de los bebés, unos padres de buen corazón, solemnes y elocuentes, enamorados el uno del otro y también de sus hijos, vida, amor, muerte y una carrera contra el tiempo. Cirujanos con mascarilla luchaban contra las creencias sobrenaturales. En cuanto al espectro de posiciones, en un extremo estaba la de los laicos y utilitarios, puntillosos sobre el detalle jurídico, bendecidos por una fácil ecuación moral: un niño salvado era mejor que dos muertos. En el otro se alineaban los que poseían un firme conocimiento no sólo de la existencia de Dios sino que comprendían Su voluntad. Citando al juez Ward, Fiona recordaba a todas las facciones en las primeras líneas de su sentencia: «Este tribunal es un tribunal de Derecho, no de moralidad, y nuestra tarea ha consistido en buscar, y nuestro deber es aplicar después, los principios pertinentes de la ley a la situación que analizamos y que es única.»

En esta espantosa contienda sólo había un desenlace más o menos deseable, pero no era fácil encontrar una vía conforme a derecho. Presionada por el tiempo, ante un mundo ruidoso que aguardaba, descubrió una solución plausible en un plazo justo inferior a una semana y en trece mil palabras. O al menos así lo sugirió el Tribunal de Apelación, sometido a una fecha límite aún más coercitiva, al día siguiente de que ella dictase sentencia. Sin embargo, no cabía admitir la presunción de que una vida valiese más que otra. Separar a los siameses supondría matar a Matthew. No separarlos equivaldría, por omisión, a matar a los dos. El espacio jurídico y moral era estrecho y la cuestión debía exponerse como una elección del mal menor. Pero el juez estaba obligado a considerar la solución que mejor respondiera a los intereses de Matthew. Obviamente, no su muerte. Pero tampoco la vida era una alternativa. Tenía un cerebro rudimentario y un corazón inservible, carecía de pulmones, probablemente sufría y estaba condenado a morir, y pronto.

Fiona argumentó, en una nueva formulación aceptada por el Tribunal de Apelación, que Matthew, a diferencia de Mark, no tenía intereses.

Pero un mal menor, aunque fuera preferible, podía ser también ilegal. ¿Cómo justificar el asesinato de Matthew abriéndole el cuerpo para seccionarle la aorta? Fiona rechazó el concepto que quería imponerle el letrado del hospital de que separar a los gemelos era análogo a apagar la máquina que mantenía en vida a Matthew, es decir, el cuerpo de Mark. La cirugía era demasiado invasiva, una excesiva injerencia en la integridad corporal de Matthew, para considerarla una interrupción del tratamiento. En su lugar, ella encontró su argumento en la «doctrina de la necesidad», una idea establecida en el derecho consuetudinario en virtud de la cual, en determinadas circunstancias limitadas, que el Parlamento nunca se molestaría en definir, era permisible violar la ley penal para evitar un mal mayor. Aludió a un caso en el que unos hombres secuestraron un avión que se dirigía a Londres, aterrorizaron a los pasajeros y fueron absueltos de todo delito porque actuaban para huir de la persecución en su país.

Por lo que respecta a la cuestión trascendental de la intencionalidad, el objetivo de la cirugía no era matar a Matthew sino salvar a Mark. Matthew, absolutamente desvalido, estaba matando a Mark y había que autorizar a los médicos a acudir en defensa de Mark eliminando una amenaza mortal. Matthew fallecería después de la separación, pero no a causa de un homicidio voluntario, sino porque era incapaz de sobrevivir por sí solo.

El Tribunal de Apelación aprobó este dictamen, el recurso de los padres fue desestimado y dos días después, a las siete de la mañana, los siameses entraron en el quirófano.

Los colegas que más apreciaba Fiona la buscaron para estrecharle la mano o escribirle el tipo de cartas que vale la pena guardar en una carpeta especial. Los entendidos opinaban que su sentencia era elegante y correcta. La cirugía reconstructiva a que fue sometido Mark tuvo éxito, el interés del público fue decayendo y se desplazó hacia otros asuntos. Pero ella no estaba contenta, no lograba dejar de pensar en el caso, pasaba largas horas despierta por la noche, repasando detalles, redactando de nuevo determinados pasajes de la sentencia, cambiando de enfoque. O bien le daba vueltas a temas familiares, incluida su propia infancia. Al mismo tiempo empezaban a llegar en sobrecitos de color pastel los viperinos comentarios de los devotos. Sostenían que deberían haber dejado morir a los dos niños y no les complacía la decisión de Fiona. Algunos empleaban un lenguaje ultrajante, otros decían que ansiaban causarle un daño físico. Unos pocos aseguraban que sabían dónde vivía.

Estas semanas intensas le dejaron marca, y apenas se había borrado. ¿Qué le había preocupado exactamente? La pregunta de su marido se la hacía ella misma, y ahora él esperaba una respuesta. Antes del juicio había recibido un alegato del arzobispo de Westminster, católico romano. Fiona dedicó un párrafo respetuoso de la sentencia a consignar que el arzobispo prefería que Mark muriera junto con Matthew a fin de no interferir en los designios de Dios. No la había sorprendido ni inquietado que los clérigos quisieran eliminar la posibilidad de una vida significativa para sostener un postulado teológico. La propia ley tenía problemas similares cuando autorizaba a los médicos a asfixiar, deshidratar o matar de inanición a determinados pacientes desahuciados, pero no les permitía el alivio instantáneo de una inyección mortal.

Por las noches volvía a pensar en aquella foto de los gemelos y en las otras docenas que había examinado, y en la detallada información que había escuchado de los labios de médicos especialistas sobre las anomalías de los dos bebés, de los cortes y roturas, los empalmes y los pliegues que tenían que hacer en un cuerpo infantil para facilitar a Mark una vida normal, reconstruyendo órganos internos, girándole noventa grados las piernas, los genitales y los intestinos. En la oscuridad del dormitorio, mientras Jack roncaba tranquilamente a su lado, le parecía que estaba atisbando el borde de un precipicio. En las fotos que recordaba de Matthew y Mark veía una nulidad ciega y sin sentido. Un huevo microscópico no se había dividido a su debido tiempo por culpa de algún fallo en una cadena de procesos químicos, una perturbación diminuta en una cascada de reacciones proteínicas. Un acto molecular se había expandido como un universo que explota en la escala más amplia de la desdicha humana. No había crueldad, no era una venganza ni un fantasma que se moviese de forma misteriosa. Simplemente un gen transcrito erróneamente, una receta de enzima que se había desviado, un vínculo químico que se había roto. Un proceso de desperdicio natural tan indiferente como gratuito. Que sólo ponía de relieve la vida sana, perfectamente formada, igualmente contingente, igualmente desprovista de objeto. Era una suerte ciega llegar al mundo con los miembros correctamente formados en su sitio, nacer de unos padres amorosos, no crueles, o escapar, por un accidente geográfico o social, a la guerra o la pobreza. Y, por consiguiente, que resultara mucho más fácil ser una persona virtuosa.

Durante un tiempo, el caso la había dejado embotada, se preocupaba menos, sentía menos, atendía a sus ocupaciones, no se lo decía a nadie. Pero se había vuelto aprensiva con los cuerpos, casi incapaz de mirarse el suyo o el de Jack sin sentir repulsión. ¿Cómo iba a hablar de esto? No era muy creíble que, a esas alturas de su carrera judicial, aquel caso concreto entre tantos otros, su tristeza, sus detalles viscerales y el resonante interés que había suscitado entre el público pudiesen afectarla tan íntimamente. Durante una temporada, alguna parte de ella se había enfriado al mismo tiempo que el pobre Matthew. Ella era la que había expulsado del mundo a un bebé, la que le había negado la existencia con argumentos expuestos en treinta y cuatro páginas elegantes. Daba igual que con su cabeza abotagada y su corazón comprimido estuviese condenado a morir. Ella no era menos irracional que el arzobispo y había llegado a considerar que se tenía merecido el retraimiento. La sensación había cesado, pero dejó una cicatriz en su memoria, incluso al cabo de siete semanas y un día.

Le habría sido más provechoso no poseer un cuerpo, flotar libre de trabas físicas.

El clic del vaso de Jack contra la mesa de cristal le devolvió a la habitación y a su pregunta. Él la miraba fijamente. Aunque ella hubiera sabido formular una confesión, no se sentía con ánimos para hacerla. Ni para mostrar debilidad. Tenía trabajo que hacer, terminar la última parte de la sentencia, y le esperaban los ángeles. La cuestión no era su estado de ánimo. El problema era la elección que estaba haciendo su marido, la presión que estaba ejerciendo. De pronto volvió a enfurecerse.

—Por última vez, Jack. ¿Te ves con ella? Si te callas entenderé que sí.

Pero él también estaba furioso, se había levantado de la butaca y se dirigió hacia el piano, y allí se detuvo, con una mano posada en la tapa levantada, armándose de paciencia antes de volverse. En aquel momento el silencio entre los dos se dilató. Había escampado, los robles de los Walks estaban en calma.

—Creía que había hablado claro. Estoy intentando ser franco contigo. Almorcé con ella. No ocurrió nada. Antes quería hablarte, quería...

—Pues ya has hablado y te he dado mi respuesta. ¿Y ahora qué?

—Ahora dime qué te ha sucedido.

—¿Cuándo fue ese almuerzo? ¿Dónde?

—La semana pasada, en el trabajo. No fue nada.

—Ese tipo de nada que conduce a una aventura.

Él se quedó en el otro extremo de la habitación.

—Así son las cosas —dijo. Su tono fue rotundo. Un hombre razonable puesto a prueba hasta la extenuación. Sorprendente el dramatismo con el que pensaba que podía escabullirse. En su época de tribunal de circuito, reincidentes avejentados y analfabetos, algunos con muy pocos dientes, habían comparecido ante ella y habían interpretado mejor su papel, pensando en voz alta desde el estrado—. Así son las cosas —repitió—. Lo siento.

—¿Eres consciente de lo que estás a punto de destruir?

—Yo podría decir lo mismo. Te pasa algo y no quieres contármelo.

Déjale que se vaya, le decía mentalmente una voz, su propia voz. E inmediatamente la asaltó el mismo miedo antiguo. No podía, no tenía intención de vivir sola el resto de su vida. Dos amigas íntimas de su edad, divorciadas desde hacía mucho tiempo, todavía detestaban entrar sin un acompañante en una habitación concurrida. Y más allá del mero brillo social estaba el amor que ella sabía que le profesaba. Ahora no lo sentía.

—Tu problema —dijo él desde la otra punta de la habitación— es que crees que nunca tienes que dar explicaciones. Te has alejado de mí. Tiene que habérsete pasado por la cabeza que yo lo he notado y que me importa. Sería casi soportable, supongo, si yo pensara que no iba a durar o si conociera el motivo. Entonces...

En este punto él empezó a acercarse a ella, pero Fiona nunca conoció la conclusión ni su creciente irritación pudo preparar una respuesta porque en aquel momento sonó el teléfono. Descolgó automáticamente. Estaba de guardia y, en efecto, era su secretario, Nigel Pauling. Como de costumbre, su voz era vacilante, al borde del tartamudeo. Pero era siempre eficaz y gratamente distante.

—Perdone por molestarla tan tarde, señoría.

—No importa. Dígame.

—Hemos recibido una llamada de Wandsworth, del abogado que representa al hospital Edith Cavell. Necesitan hacer una transfusión urgente a un paciente de cáncer, un chico de diecisiete años. Él y sus padres se niegan a dar su consentimiento. El hospital quisiera...

—¿Por qué se niegan?

—Son testigos de Jehová, señoría.

—Entiendo.

—El hospital quiere obtener una orden legal para actuar en contra de sus deseos.

Fiona miró su reloj. Eran las diez y media pasadas.

—¿De cuánto tiempo disponemos?

—Dicen que después del miércoles será peligroso. Extremadamente peligroso.

Ella miró alrededor. Jack ya había salido de la habitación. Dijo:

—Entonces póngalo en la lista de casos con corto plazo para la vista del martes a las dos de la tarde. Y notifíquelo a los demandados. Que el hospital informe a los padres. Tendrán libertad para recurrir. Disponga que nombren a un tutor del chico a efectos jurídicos. Que el hospital presente su declaración para las cuatro de la tarde de mañana. El oncólogo que le trata tendrá que prestar declaración como testigo. —Por un momento la mente se le quedó en blanco. Carraspeó y continuó—: Quiero saber por qué es necesaria la transfusión. Y los padres tendrán que hacer todo lo posible para presentar su alegato el martes al mediodía.

—Me ocuparé ahora mismo.

Fiona fue a la ventana y miró a través de la plaza, donde las siluetas de los árboles estaban adquiriendo un denso color negro en el último de los lentos anocheceres de junio. Las farolas amarillas aún sólo iluminaban sus círculos de acera. El tráfico de la noche de domingo era ahora escaso y apenas le llegaban sonidos de Gray's Inn Road o de High Holborn. Sólo el repiqueteo de las gotas de lluvia, cada vez más exiguas, sobre las hojas y el lejano borboteo melódico de un desagüe cercano. Observó abajo al gato de un vecino esquivar un charco con un rodeo quisquilloso y perderse en la oscuridad debajo de un arbusto. No le molestaba que Jack se hubiera retirado. La conversación se encaminaba hacia una franqueza insoportable. Era innegable el alivio de que te desplazaran a un territorio neutral, el brezal sin árboles de los problemas ajenos. De nuevo la religión. Procuraba su consuelo. Puesto que el chico tenía casi dieciocho años, la mayoría de edad legal, sus deseos serían una cuestión crucial.

Quizá fuese avieso descubrir una promesa de libertad en aquella interrupción súbita. Al otro lado de la ciudad un joven afrontaba la muerte a causa de sus creencias o las de sus padres. A ella no le competía ni era su misión salvarle, sino decidir lo que era razonable y legal. Le habría gustado ver al chico, liberarse durante una o dos horas de una ciénaga doméstica, y también de la sala del juzgado, ponerse en camino, sumergirse en las complejidades, formarse una opinión por medio de la observación directa. Las convicciones de los padres podrían ser una afirmación de las de su hijo o una sentencia de muerte que él no se atrevía a desafiar. En los tiempos que corrían, averiguar algo por una misma era sumamente inusual. En la década de los ochenta, un juez aún podía decretar que un adolescente pasara a la tutela judicial y verle en su despacho o en el hospital o en su domicilio. Por entonces, un noble ideal había sobrevivido de algún modo hasta la era moderna, abollado y herrumbroso como una armadura. Los jueces habían sustituido a los monarcas y habían sido durante siglos los tutores de los súbditos menores de edad. Hoy día, los asistentes sociales de Cafcass cumplían esta función y presentaban un informe. El antiguo sistema, lento e ineficiente, conservaba el toque humano. Ahora había menos demoras, más casillas que marcar, más tareas confiadas a terceras personas. La vida de los niños estaba documentada en la memoria de un ordenador, con mayor exactitud pero bastante menos amabilidad.

Visitar el hospital era un capricho sentimental. Desechó la idea mientras se apartaba de la ventana y volvía al diván. Se sentó con un suspiro de impaciencia y recogió la sentencia sobre el caso de las niñas judías de Stamford Hill y su controvertido bienestar. Tenía de nuevo en las manos las últimas páginas, con la conclusión. Pero por el momento no se animaba a leer su propia prosa. No era la primera vez que el absurdo y la inutilidad de su participación en un caso la dejaban temporalmente incapacitada. La elección de los padres de una escuela para sus hijos era un asunto inocente, importante, tedioso y privado que una mezcla letal de división amarga y demasiado dinero habían transformado en una monstruosa tarea burocrática, en cajas de documentos jurídicos tan numerosos y pesados que había que trasladarlos al juzgado en carritos, lo habían convertido en horas de disputas educadas, sesiones de procedimiento, decisiones aplazadas, con todo el circo en movimiento, pero tan lentamente, a través de toda la jerarquía judicial, como un globo aerostático torcido y mal amarrado. Si los padres no se ponían de acuerdo, la ley, a regañadientes, tenía que dirimir. Fiona presidiría el proceso con toda la seriedad y la obediencia de un científico nuclear. Dictaminar sobre lo que había empezado con amor y desembocado en odio. Aquel asunto deberían habérselo asignado a un asistente social que habría tardado media hora en tomar una decisión sensata.

Fiona había fallado a favor de Judith, la pelirroja nerviosa que, según información del secretario, en cada pausa corría por los suelos de mármol y cruzaba las lustradas arcadas de piedra de los juzgados y salía al Strand para fumarse el cigarrillo siguiente. Las niñas seguirían asistiendo a la escuela mixta que su madre les había elegido. Se quedarían allí hasta cumplir dieciocho años y cursar, si querían, estudios superiores. La sentencia expresaba su respeto por la comunidad jaredí y la continuidad de sus venerables tradiciones y prácticas, añadiendo que el tribunal no se pronunciaba sobre sus creencias particulares, aparte de constatar que claramente las profesaban con sinceridad. Sin embargo, unos testigos de la comunidad convocados por el padre habían contribuido a anular su demanda. Una respetada figura había dicho, quizá con un orgullo excesivo, que de las mujeres jaredíes se esperaba que se dedicasen a crear un «hogar seguro», y que la educación posterior a los dieciséis años carecía de importancia. Otra persona consultada afirmó que era sumamente infrecuente incluso que los chicos estudiaran para ejercer las profesiones liberales. Una tercera había expresado la opinión, un poco demasiado enfática, de que a las chicas y chicos había que mantenerlos muy apartados de la escuela con el fin de mantener su pureza. Fiona había escrito que todo esto quedaba muy al margen de la costumbre dominante de los padres y el criterio generalmente aceptado de que había que alentar a los hijos en sus aspiraciones. Esto mismo tenía que ser el criterio de un padre razonable. Fiona aceptó el parecer de la asistente social, consistente en que si las niñas eran devueltas a la cerrada sociedad del padre, quedarían aisladas de su madre, mientras que la situación opuesta parecía menos probable.

Por encima de todo, el deber del tribunal era facilitar que el niño llegase a la edad adulta y tomara sus propias decisiones sobre el tipo de vida que quería llevar. Las niñas podrían optar por la versión religiosa de su padre o de su madre o buscar satisfacción en otros ámbitos de la vida. A los dieciocho años estarían fuera del alcance de los padres y del tribunal. Al despedirse, Fiona había amonestado ligeramente al padre cuando observó que el señor Bernstein se había buscado una letrada y una procuradora y se beneficiaba de la experiencia de la asistenta social nombrada por el juzgado, la astuta y desorganizada funcionaria de la Cafcass. Y debía obedecer el dictamen de una jueza. El hombre tendría que preguntarse por qué negaba a sus hijas la oportunidad de una profesión.

Ya había terminado. Las correcciones se teclearían en la copia final, a primera hora de la mañana siguiente. Se levantó y se estiró, recogió los vasos de whisky y fue a la cocina a lavarlos. El agua caliente que le corría por las manos era relajante y la retuvo en el fregadero durante alrededor de un minuto en blanco. Pero su oído también estaba atento a Jack. El ruido sordo de las viejas cañerías la informaría de si él se estaba preparando para acostarse. Volvió al cuarto de estar para apagar las luces y de nuevo se sintió inducida a apostarse en la ventana.

Abajo, en la plaza, no lejos del charco que el gato había sorteado, su marido arrastraba una maleta. Colgado de una cinta sobre el hombro llevaba el maletín que usaba para el trabajo. Llegó a su coche, el coche de ambos, lo abrió, metió el equipaje en el asiento trasero, subió y puso el motor en marcha. Cuando los faros se encendieron y las ruedas delanteras giraron hasta su tope para realizar la maniobra necesaria y salir del estrecho espacio de aparcamiento, Fiona oyó débilmente el sonido de la radio del coche. Música pop. Pero él detestaba la música pop.

Debía de haber hecho la maleta al atardecer, mucho antes de su conversación. O era posible que a mitad de ella, cuando se había retirado al dormitorio. En lugar de agita-

ción o ira o tristeza, sólo sentía cansancio. Pensó que sería práctica. Si ahora lograba acostarse evitaría tomar un somnífero. Volvió a la cocina diciéndose que no buscaba una nota en la mesa de pino, donde siempre se dejaban el uno al otro los mensajes. No había ninguno. Cerró con llave la puerta de la calle y apagó las luces del pasillo. El dormitorio parecía ordenado. Abrió el ropero y con ojo de esposa calculó que se había llevado tres chaquetas, la más nueva de las cuales era la de lino de color hueso de Gieves & Hawkes. En el cuarto de baño se resistió a la tentación de abrir el botiquín para inspeccionar el contenido del neceser de Jack. Sabía lo suficiente. En la cama su único pensamiento sensato fue que él debía de haber recorrido el pasillo con mucho cuidado para que ella no le oyera, y cerrado la puerta de la calle a traición, centímetro a centímetro.

Ni siquiera esto bastó para impedirle conciliar el sueño. Pero dormir no fue de gran ayuda. Las caras se fundían y se separaban. Matthew, el siamés, con la cabeza hinchada y sin orejas y el corazón que no se contraía, se limitaba a mirarla fijamente, como había hecho otras noches. Las hermanas, Rachel y Nora, la llamaban con tonos lastimeros, enumerando fallos que podían haber sido de Fiona o de ellas. Jack se le acercaba, le apretaba contra el hombro la frente surcada por arrugas recientes y le explicaba con una voz quejumbrosa que era su deber de esposa ensancharle el horizonte del futuro.

A las seis y media, cuando sonó el despertador, se incorporó de repente y por un momento miró sin comprender el lado vacío de la cama. Después entró en el cuarto de baño y empezó a prepararse para una jornada en el juzgado.

2

Emprendió su trayecto habitual desde Gray's Inn Square hasta los Reales Tribunales de Justicia e hizo todo lo posible para no pensar. En una mano llevaba el portafolios, en la otra el paraguas en alto. La luz era de un verde lúgubre y el aire urbano, frío contra sus mejillas. Salió por la entrada principal y evitó la cháchara saludando bruscamente a John, el amistoso portero. Confiaba en que no fuera muy evidente que era una mujer en crisis. Huía de su situación tocando para su oído interno una pieza que había aprendido de memoria. Por encima del barullo de la hora punta escuchaba a su yo ideal, la pianista que nunca llegaría a ser, ejecutando impecablemente la segunda partita de Bach.

En verano había llovido la mayoría de los días, los árboles de la ciudad parecían hinchados y sus copas agrandadas, las aceras estaban limpias y lisas, y limpios los automóviles expuestos en el concesionario de High Holborn. La última vez que había mirado, el Támesis en marea alta estaba más caudaloso y de un color pardo más oscuro, sombrío y levantisco cuando se alzaba contra los pilares de los puentes, dispuesto a inundar las calles. Pero todo el mundo avanzaba a empujones, quejosos, resueltos, empapados. El viento del oeste se había desviado, empujado hacia el sur por factores que escapaban al control, y bloqueaba el bálsamo estival de las Azores, absorbiendo aire helado del norte. La consecuencia del cambio climático ocasionado por el hombre, del hielo marino fundido que perturbaba el aire superior, o la actividad irregular de la mancha solar, que no era culpa de nadie, o las variaciones naturales, los ritmos antiguos, el destino del planeta. O las tres causas, o cualquiera de las dos. Pero ¿de qué servían las explicaciones y las teorías a una hora tan temprana del día? Fiona y el resto de Londres tenían que llegar al trabajo.

Cuando cruzó la calle para embocar Chancery Lane, la lluvia había arreciado y caía sesgada, impulsada por un repentino viento frío. Ahora estaba más oscuro, las gotas rebotaban glaciales contra sus piernas, la gente apresuraba el paso, silenciosa, absorta. El tráfico por High Holborn discurría ante ella, ruidoso y vigorosamente impertérrito, los faros relucían sobre el asfalto mientras ella escuchaba de nuevo la grandiosa obertura, el adagio al estilo francés, una lejana promesa de jazz en los lentos y densos acordes. Pero no había escapatoria, la composición la conducía directamente hasta Jack, porque la había aprendido el pasado abril como un regalo de cumpleaños para él. Anochecía en la plaza, los dos acababan de volver del trabajo, las lámparas de mesa estaban encendidas, él sostenía una copa de champán en la mano, la de ella reposaba encima del piano mientras ejecutaba lo que pacientemente había memorizado durante las semanas anteriores. Después, las exclamaciones de gratitud y deleite y asombro amablemente exagerado por aquella hazaña de la memoria, el largo beso al final, el feliz cumpleaños que le susurró Fiona, los ojos humedecidos de Jack, el tintineo de las copas largas de cristal tallado.

De este modo empezó a girar el motor de la autocompasión y evocó, impotente, los diversos obsequios que le había preparado. La lista era malsanamente larga: óperas sorpresa, viajes a París y Dubrovnik, Viena, Trieste, Keith Jarrett en Roma (las únicas instrucciones que había recibido Jack, que no sabía nada, eran llenar una maleta pequeña, coger el pasaporte y reunirse con ella en el aeropuerto al salir del trabajo), botas de vaquero repujadas, una petaca grabada y, como recordatorio de su nueva pasión por la geología, un martillo de explorador para especímenes del siglo XIX en un estuche de cuero. Para celebrar su segunda adolescencia al cumplir cincuenta años, una trompeta que había pertenecido a Guy Barker. Estas ofrendas sólo representaban una fracción de la felicidad a la que ella le exhortaba, y el sexo sólo una parte de esta fracción, y sólo más adelante un fracaso que él erigía al rango de una enorme injusticia.

Tristeza y los crecientes detalles de agravios, aunque aún no la inflamaba la ira de verdad. Una mujer abandonada de cincuenta y nueve años, en la infancia de la vejez, que aprende a andar a gatas. Se obligó a pensar de nuevo en su partita cuando salió de Chancery Lane por el estrecho pasaje que la llevó a Lincoln's Inn y su maraña de esplendor arquitectónico. Por encima del tamborileo de las gotas de lluvia oyó el cadencioso andante, a paso lento, una marca inusual en Bach, un hermoso aire despreocupado sobre un bajo ambulante, y sus pasos acompasaban la ligereza de la melodía celestial mientras atravesaba el Great Hall. Las notas se esforzaban en expresar un claro sentido humano pero no significaban nada. Sólo algo encantador, purificado. O amor en su forma más vaga y extensa a todas las personas, sin discriminación. A los niños, quizá. Johann Sebastian tuvo veinte de dos matrimonios. No permitió que su obra le impidiera amar y enseñar, querer y componer para los que sobrevivieron. Niños. El inevitable pensamiento retornó cuando evocaba la exigente fuga que había dominado por amor a su marido, y la tocaba a toda velocidad, sin titubeos ni fallos en la separación de las voces.

Sin embargo, su maternidad frustrada era una fuga en sí misma, una huida –era el tema habitual que ahora intentaba sortear–; una huida de su propio destino. No haber logrado ser una mujer, tal como su madre lo entendía. El modo en que había llegado a este estado era un contrapunto lento que había interpretado con Jack durante dos décadas en las que surgían disonancias que luego desaparecían y que ella renovaba siempre en sus momentos de alarma, incluso de horror, a medida que sus años fértiles pasaban de largo hasta caducar, y ella casi estaba demasiado atareada para darse cuenta.

Era una historia que se contaba mejor deprisa. Después de los exámenes finales, más exámenes, después obtuvo el título de abogada, siguió el período de prácticas, una invitación afortunada a bufetes prestigiosos, algunos éxitos tempranos defendiendo casos desesperados: qué sensato había sido aplazar la maternidad hasta el comienzo de la treintena. Y cuando aquellos años depararon casos complejos e interesantes, y más éxitos. Jack también dudaba y abogaba por esperar uno o dos años más. Luego llegaron los treinta y cinco, cuando él enseñaba en Pittsburgh y ella hacía jornadas de trabajo de catorce horas, zambulléndose más a fondo en el derecho de familia al mismo tiempo que se retrasaba la suya propia, a pesar de las visitas de sobrinos y sobrinas. En los años siguientes circularon rumores de que podrían elegirla precozmente para la magistratura, y necesitaba estar en activo. Pero no la eligieron, aún no. Y cuando ya había cumplido los cuarenta surgieron inquietudes respecto a los embarazos tardíos y el autismo. Poco después, más visitantes jóvenes a Gray's Inn Square, bulliciosos y exigentes sobrinos nietos, le recordaron lo difícil que sería encajar a un hijo en su estilo de vida. Siguieron compungidas ideas de adopción, algunas pesquisas de tanteo, y a lo largo de los acelerados años posteriores, tormentos ocasionales originados por las dudas, decisiones firmes sobre madres de alquiler tomadas a altas horas de la noche y descartadas a la mañana siguiente con las prisas para llegar al trabajo. Y cuando por fin, a las nueve y media de una mañana, juró su cargo en el edificio de los Reales Tribunales de Justicia ante el presidente y prestó los dos juramentos requeridos, el de lealtad y el judicial, en presencia de doscientos colegas con pelucas y se presentó orgullosamente ante ellos con su toga, tema de una ingeniosa alocución, supo que la partida había terminado y que pertenecía a la ley del mismo modo que otras mujeres habían sido esposas de Cristo.

Cruzó New Square y se aproximó a la librería Wildy. La música en su cabeza se había apagado, pero ahora brotó otro tema antiguo: el sentimiento de culpa. Era egoísta, malhumorada, secamente ambiciosa. Perseguía sus propios fines, fingía ante sí misma que su carrera no era en sustancia una gratificación personal, negaba existencia a dos o tres efusivos y talentosos individuos. Si sus hijos hubieran nacido, habría sido una conmoción pensar que podrían no haberlo hecho. Y por tanto aquí estaba su castigo, afrontar este desastre sola, sin hijos adultos sensatos y preocupados que telefoneaban, dejaban el trabajo y celebraban urgentes conferencias alrededor de la mesa de la cocina, hacían entrar en razón a su estúpido padre y le traían de vuelta. Pero ¿le aceptaría ella en casa? También tendrían que convencerla a ella de que fuese juiciosa. Los hijos casi existentes, la hija de voz ronca, quizá conservadora de un museo, y el hijo con dotes y menos establecido que destacaba en muchas cosas y no había completado su carrera universitaria, pero que era mucho mejor pianista que ella. Los dos siempre cariñosos, brillantes en las navidades y en los castillos de las vacaciones de verano, y anfitriones de sus parientes más jóvenes.

Atravesó el pasaje por delante de Wildy, sin que le tentaran los libros de Derecho del escaparate, cruzó Carey Street y entró por la puerta trasera de los juzgados. Recorrió un pasillo abovedado, después otro, subió un tramo de escaleras, sobrepasó unas salas de audiencia, bajó de nuevo, cruzó un patio, se detuvo al pie de la escalera para sacudir el paraguas. El aire siempre le recordaba el colegio, el olor o el tacto de la piedra fría y húmeda y una débil sensación de miedo y emoción. Optó por la escalera en lugar del ascensor, su grueso calzado pisó la alfombra roja cuando dobló a la derecha hacia el amplio rellano al que daban las puertas de muchos magistrados; como un calendario de adviento, pensaba a veces. En cada espacioso y libresco despacho sus colegas se empozaban diariamente en sus casos, sus juicios, en un laberinto de detalles y discrepancias contra los cuales sólo cierta actitud de broma e ironía te ofrecía alguna protección. La mayoría de los jueces que conocía cultivaban un refinado sentido del humor, pero aquella mañana se alegró de que no hubiese nadie en las cercanías con ganas de divertirla. Probablemente había llegado la primera. Nada mejor que una tormenta doméstica para sacarte de la cama.

Hizo un alto en su puerta. Nigel Pauling, correcto y dubitativo, estaba encorvado sobre el escritorio de Fiona, colocando documentos. A continuación, como todos los

54

lunes, se produjo el ritual intercambio de preguntas sobre el fin de semana respectivo. El de ella fue «tranquilo», y al decir esta palabra entregó a Pauling el borrador corregido de la sentencia Bernstein.

El asunto del día. En el caso marroquí, previsto para las diez en punto, se confirmaba que a la pequeña la había sacado de la jurisdicción el padre para llevarla a Rabat, a pesar de sus promesas al tribunal, y no se sabía nada del paradero de la niña ni del padre, y su abogado no sabía qué hacer. La madre estaba recibiendo tratamiento psiquiátrico, pero comparecería en el juicio. La intención era recurrir a la Convención de La Haya, pues Marruecos, por suerte, era el único estado islámico que se había adherido. Pauling le puso al corriente de todo esto en un tono de apresurada disculpa, atusándose el pelo con una mano nerviosa, como si fuera el hermano del secuestrador. Aquella pobre mujer, profesora de universidad, que pesaba menos de lo normal y temblaba ante el tribunal, especialista en las sagas de Bután, volcada en su hija única. Y el padre también volcado, a su manera tortuosa, liberando a su hija de los males del Occidente infiel. Los documentos aguardaban a Fiona encima de su escritorio.

Tenía mentalmente claros los restantes asuntos del día. Al dirigirse hacia su mesa preguntó por el caso del testigo de Jehová. Los padres solicitarían una asistencia jurídica de emergencia y por la tarde se expediría un certificado. Pauling le dijo que el chico padecía una forma rara de leucemia.

–El chico tendrá un nombre, ¿no?

Fiona dijo esto con sequedad y a ella misma le sorprendió su tono.

Pauling adoptaba una actitud más suave siempre que ella le apremiaba, incluso se ponía satírico. Ahora le facilitó más información de la que Fiona necesitaba.

–Por supuesto, señoría. Adam. Adam Henry, hijo único. Los padres se llaman Kevin y Naomi. El padre tiene una pequeña empresa. De cimentación, drenaje de terrenos, ese tipo de cosas. Al parecer es un virtuoso de la excavadora mecánica.

Al cabo de veinte minutos sentada ante su mesa, Fiona salió al rellano y fue por un pasillo hasta un nicho que albergaba la máquina de café, con una imagen de cristal en la que unos hiperrealistas granos tostados brotaban de una taza iluminada desde dentro, de color marrón y crema, tan vívida en la penumbra del hueco como un manuscrito miniado. Un capuchino con una dosis extra de café, quizá dos. Más valía empezar a tomarlo allí mismo, donde podía imaginarse sin que la molestaran a Jack a punto de levantarse de una cama extraña para prepararse para ir al trabajo, y el cuerpo a su lado medio dormido, bien atendido en la madrugada, removiéndose entre sábanas pegajosas, murmurando su nombre, llamándole para que volviera. En un furioso impulso, sacó su móvil, buscó el del cerrajero de Gray's Inn Road, le dio su PIN de cuatro dígitos e instrucciones para un cambio de cerradura. Por supuesto, señora, ahora mismo. Conservaban detalles de la cerradura existente. Las llaves nuevas había que entregarlas hoy exclusivamente en el Strand. Después, actuando rápidamente, con una taza de plástico en la mano libre, temiendo cambiar de opinión, llamó al administrador de la finca, un individuo brusco que era buena persona, para informarle de que aguardara a un cerrajero. O sea que estaba portándose mal y se sentía bien al hacerlo. Jack debía pagar un precio por abandonarla y la factura era el exilio y el imperativo de suplicar la readmisión en su vida anterior. Ella no iba a permitirle el lujo de tener dos domicilios.

Al volver por el pasillo con la taza, ya estaba asombrada por su ridícula transgresión de impedir a su marido el acceso legítimo, uno de los tópicos de la ruptura conyugal en contra del cual un abogado aconsejaría a su cliente –por lo general la cónyuge–, en ausencia de una orden judicial. Una vida profesional ejercida al margen de los altercados, asesorando y después juzgando, comentando en privado altaneramente la malevolencia y la absurdidad de las parejas que se divorciaban, y ahora ella estaba ahí abajo con los demás, nadando con la lúgubre marea.

Estos pensamientos se vieron interrumpidos de repente. Cuando doblaba hacia el ancho rellano vio al juez Sherwood Runcie enmarcado en la entrada de su despacho; la estaba esperando con una sonrisa abierta y se frotaba las manos parodiando a un villano de teatro para indicar que tenía algo para ella. Estaba siempre al corriente del último chisme que circulaba por los juzgados, que solía ser cierto, y se complacía en divulgarlo. Era uno de los pocos, quizá el único colega al que ella prefería evitar, y no porque fuese desagradable. De hecho, era un hombre encantador, que consagraba todas sus horas de asueto a una obra benéfica que había fundado muchos años antes en Etiopía. Pero para Fiona representaba un bochorno porque lo asociaba con algo. Cuatro años atrás, Runcie había juzgado un caso de asesinato en el que todavía era horrible pensar, y sobre el que aún era doloroso guardar silencio, como ella debía hacer. Y ello en un pequeño universo feliz, un pueblo donde acostumbraban a perdonarse los errores mutuamente, donde todos sufrían de vez en cuando una sentencia groseramente anulada por el Tribunal de Apelación, un tirón de orejas por cuestiones jurídicas. Pero aquello había sido uno de los fallos más injustos de los tiempos modernos. ¡Y Sherwood! Tan atípicamente crédulo en presencia de un experto que actuaba como testigo y era lego en matemáticas, y después, para estupefacción y horror generales, enviar a prisión a una madre inocente y que lloraba la muerte de sus hijos, para que la hostigaran y agredieran sus compañeras reclusas, la demonizara la prensa amarilla y rechazaran su primera apelación. Y cuando por fin la excarcelaron, como sin duda tenían que hacerlo, se dio a la bebida y murió víctima de ella.

La extraña lógica que impulsó esta tragedia todavía era capaz de desvelar a Fiona por la noche. En el juicio se dijo que había una posibilidad entre nueve mil de que un niño muriera del síndrome de la muerte súbita. Por consiguiente, dictaminó el experto de la fiscalía, la posibilidad de que murieran dos hermanos era esta cifra al cuadrado. Una entre ochenta y un millones. Casi imposible, y en consecuencia la madre tenía que haber intervenido en las muertes. El mundo fuera del ámbito judicial estaba atónito. Si la causa del síndrome era genética, los niños la compartían. Si era medioambiental, también. E igualmente si eran las dos cosas. Y, en comparación, ¿qué posibilidades había de que dos bebés de una familia estable de clase media fueran asesinados por su madre? Pero los indignados teóricos de las probabilidades, los estadísticos y los epidemiólogos no pudieron pronunciarse.

En momentos de desilusión con la justicia, le bastaba evocar el caso de Martha Longman y el error de Runcie para confirmar un sentimiento pasajero de que la ley, por mucho que Fiona la amara, en el peor de los casos no era un asno, sino una serpiente, una serpiente venenosa. No la ayudó que Jack se interesara por el caso y cuando le convino, cuando las cosas no iban bien entre ellos, que expresase en voz muy alta que aborrecía la profesión de Fiona y la participación en el asunto, como si ella hubiera redactado la sentencia.

Pero ¿quién podía defender a la judicatura después de

que fuera rechazada la apelación de Longman? El caso fue una farsa desde el principio. Se supo que el patólogo había ocultado inexplicablemente una evidencia crucial sobre una agresiva infección bacteriana en el segundo niño. La policía y la fiscalía, fuera de toda lógica, ansiaban una condena, la profesión médica quedó deshonrada por el testimonio de su representante, y todo el sistema, la banda de profesionales negligentes, había conducido a una mujer amable, una arquitecta prestigiosa, a la persecución, desesperación y muerte. Ante el testimonio divergente de varios expertos médicos sobre las causas de la muerte de los dos hermanos, la ley había preferido estúpidamente un veredicto de culpabilidad en vez de optar por el escepticismo y la incertidumbre. Todo el mundo coincidía en que Runcie era una persona sumamente agradable y, como mostraba su historial, un juez bueno y muy trabajador. Pero cuando Fiona supo que tanto el patólogo como el médico habían vuelto a ejercer su profesión, no pudo contenerse. El caso le revolvía el estómago.

Runcie estaba levantando una mano y no tuvo más remedio que pararse y ser afable.

–Querida.

–Buenos días, Sherwood.

–He leído un pequeño diálogo maravilloso en el nuevo libro de Stephen Sedley. Una cosa de tu gusto. Es de un juicio en Massachusetts. Un interrogador insistente pregunta a un patólogo si puede estar absolutamente seguro de que determinado paciente estaba muerto antes de que él empezara la autopsia. El patólogo responde que absolutamente. Oh, pero ¿cómo puede estar tan seguro? Porque, dice el patólogo, su cerebro estaba en un frasco encima de mi mesa. Pero, pregunta el otro, ¿el paciente podría haber estado todavía vivo? Bueno, contesta el patólogo, es

59

posible que estuviera vivo y ejerciendo de abogado en otro sitio.

Aun cuando Runcie soltara una carcajada por su propia anécdota, tenía los ojos clavados en Fiona, calibrando si su regocijo era igual que el suyo. Ella se esforzó cuanto pudo. Los chistes sobre los juristas eran los que más le gustaban al gremio.

Finalmente instalada delante de su escritorio, con su café ya tibio, estudió el caso de una niña trasladada fuera de la jurisdicción. Fingió que no reparaba en la presencia de Pauling en la otra punta de la habitación cuando él carraspeó para decir algo y luego se lo pensó mejor y desapareció. En algún momento también se esfumaron las preocupaciones de Fiona, obligada a concentrarse en los informes, y empezó a leer deprisa.

La sala se levantó cuando ella entró a las diez en punto. Escuchó al letrado de la madre angustiada, que solicitaba recurrir a la Convención de la Haya para recuperar a la niña. Cuando se levantó el abogado del marido marroquí para convencer a Fiona de que la promesa de su cliente había sido algo ambigua, ella le cortó en seco.

–Esperaba verle sonrojarse en nombre de su cliente, señor Soames.

La cuestión era técnica, absorbente. El cuerpo menudo de la madre se hallaba parcialmente tapado detrás del abogado, y pareció encogerse aún más a medida que los argumentos se volvían más abstractos. Era probable que cuando se levantara la sesión, Fiona no volviera a verla nunca. El triste asunto se vería ante un juez marroquí.

A continuación atendió a la urgente petición de una mujer casada de que le asignasen una prestación para sustentarse durante el pleito. La jueza escuchó, hizo preguntas, concedió la petición. A la hora del almuerzo quiso estar sola. Pauling le llevó bocadillos y una barrita de chocolate para que los comiera en su mesa. El teléfono estaba debajo de unos papeles, y al final sucumbió y escudriñó el visor por si había mensajes o llamadas sin respuesta. Nada. Se dijo que no sentía ni decepción ni alivio. Tomó un té y se permitió diez minutos para leer los periódicos. Sobre todo Siria, crónicas y fotografías morbosas: el gobierno bombardeando a civiles, desplazados en la carretera, condenas impotentes de ministerios de exteriores de todo el mundo, un niño de ocho años postrado en una cama con el pie izquierdo amputado, el lánguido Assad, con su débil mandíbula, estrechando la mano de un funcionario ruso, rumores de gas nervioso.

Había desgracias mucho más grandes en otros lugares, pero después de almorzar se enfrentó con otras de carácter local. Desestimó una solicitud *ex parte* de una orden de desalojo de un marido del domicilio conyugal. La exposición del caso se prolongaba, la irritaba aún más el pestañeo nervioso del letrado, como el de un búho.

–¿Por qué pide esto sin previo aviso? En los documentos no veo nada que lo haga necesario. ¿Qué comunicación ha intentado establecer con la otra parte? Ninguna, por lo que veo. Si el marido accede a una conciliación con su cliente, en realidad no debería recurrir a mí. Si no accede, notifíquelo y escucharé a las dos partes.

La sala se puso en pie, ella salió muy enfadada. Después volvió para oír los argumentos en pro y en contra de una orden de alejamiento dictada en favor de un hombre que dijo que temía una reacción violenta del novio de su ex mujer. Hubo muchas alegaciones sobre el historial carcelario del novio, pero su delito había sido de estafa, no de agresión, y finalmente denegó la petición. Debería ser suficiente un compromiso verbal. Tras tomar una taza de té

61

en su despacho regresó a la sala para dirimir sobre la petición urgente de una madre divorciada de que el tribunal retirase los pasaportes de sus tres hijos. Fiona tenía pensado concederla, pero la rechazó después de escuchar las complicaciones agravantes que acarrearía.

A las cinco cuarenta y cinco estaba de nuevo en su despacho. Sentada ante su escritorio, miraba las estanterías con la mente en blanco. La entrada de Pauling la sobresaltó y pensó que quizá se había quedado dormida. Él la informó de que ahora existía un gran interés periodístico por el caso del testigo de Jehová. Muchos diarios matutinos publicarían artículos al día siguiente. En los sitios web de prensa había fotos del chico con su familia. Los padres podrían haber sido la fuente, o un pariente agradecido por algún dinero rápido. El secretario entregó a Fiona los documentos del caso en un sobre marrón que tintineó misteriosamente cuando ella rasgó el precinto. ¿Una carta bomba de un litigante descontento? Ya había sucedido antes que un artefacto torpemente ensamblado por un marido furioso estuvo a punto de explotarle en la cara al secretario que ella tenía entonces. Pero sí, eran las llaves nuevas, las que le abrían el camino a otra vida, a su vida transformada.

Y así, media hora después, se puso en marcha hacia ella, pero dando un rodeo porque era reacia a entrar en el apartamento vacío. Salió por la entrada principal y desde el Strand caminó hacia el oeste hasta Aldwych, y de allí hacia el norte por Kingsway. El cielo estaba gris acero, la lluvia apenas era perceptible y el gentío de la hora punta del lunes menor de lo habitual. En perspectiva, otro atardecer de esos largos, oscuros y encapotados de verano. Habría preferido una oscuridad total. Al pasar por delante de un cerrajero, se le aceleró el corazón imaginando una disputa airada con Jack por el cambio de las llaves, cara a cara en la plaza bajo los árboles que goteaban, presenciada por vecinos que también eran colegas. Ella saldría perdiendo.

Dobló hacia el este, sobrepasó la London School of Economics, orilló Lincoln'Inn Fields, cruzó High Holborn y allí, para retrasar la llegada a su casa, enfiló de nuevo hacia el oeste por calles estrechas con talleres artesanales de mediados del período victoriano que ahora eran peluquerías, locales comerciales, sandwicherías. Atravesó Red Lion Square, rebasó las sillas y las mesas vacías y mojadas del café del parque, pasó por delante de Conway Hall, donde aguardaba para entrar un grupo pequeño de personas de pelo blanco, decentes y agobiadas, cuáqueros quizá, listos para una noche de protestas por la situación social. Bueno, a ella le esperaba una velada similar. Pero pertenecer a la judicatura y a toda su acumulación histórica te vinculaba por fuerza con el estado de cosas. Aunque no quisieras o lo negaras. Más de media docena de tarjetas de invitación en relieve descansaban en una mesa de nogal barnizada en la portería de Gray's Inn Square. Las Inns of Court,[1] las universidades, las organizaciones de beneficencia, diversas sociedades reales, amistades eminentes, invitaban a Jack y a Fiona Maye, convertidos a lo largo de los años en una institución en miniatura, a aparecer en público con sus mejores galas, a prestar el peso de su presencia y a comer, beber y hablar y regresar a casa antes de la medianoche.

Recorrió despacio Theobald's Road, postergando todavía el momento de volver, y se preguntó de nuevo si lo que había perdido no era el amor, sino más bien una for-

---

1. Las cuatro sociedades británicas que poseen el derecho exclusivo de otorgar el título de letrados a los estudiantes de Derecho (Middle Temple, Inner Temple, Gray's Inn y Lincoln's Inn). *(N. del T.)*

ma moderna de respetabilidad, si lo que temía no era el desprecio y el ostracismo, como en las novelas de Flaubert y Tolstói, sino la compasión. Ser objeto de la compasión general era también una forma de muerte social. El siglo XIX estaba más cerca de lo que pensaban la mayoría de las mujeres. Que la sorprendieran representando su papel de acuerdo con un tópico era más una muestra de mal gusto que un desliz moral. El ultimátum de un marido impaciente, la esposa valiente que mantiene su dignidad, la mujer más joven, lejana e intachable. Y ella que había pensado que sus días de actriz se acabaron en un césped veraniego, justo antes de enamorarse.

Al fin y al cabo, el regreso a casa no fue tan difícil. Algunas veces llegaba antes que Jack, y se sorprendió al sentirse relajada cuando entró en la penumbra de santuario del recibidor, que olía a la cera perfumada con lavanda, y se convenció a medias de que nada había cambiado o de que todo estaba a punto de solucionarse. Antes de encender las luces dejó el bolso y aguzó el oído. El frío estival había activado la calefacción central. Ahora los radiadores chasqueaban desigualmente a medida que se iban enfriando. Oyó el tenue sonido de música de orquesta en un apartamento de algún piso de abajo, Mahler, *langsam und ruhig*. Más fuerte y audible, transmitida por el tiro de la chimenea, le llegaba una canción en la que se repetía, con afán perfeccionista, cada frase ornamental. Luego recorrió las habitaciones encendiendo las luces, aunque todavía no eran las siete y media. Al volver a la entrada para recoger el bolso, advirtió que el cerrajero no había dejado rastro de su visita. Ni siquiera una viruta. ¿Por qué habría de dejarla, cuando sólo estaba cambiando el cilindro de la cerradura, y qué más le daba a ella? Pero la ausencia de un rastro de su visita era un recordatorio de la ausencia de Jack, una pequeña punzada de desánimo, y para combatirlo llevó sus papeles a la cocina y echó un vistazo a los casos del día siguiente mientras esperaba a que hirviese el agua para el té.

Podría haber telefoneado a alguna de sus tres amigas, pero le pareció intolerable la idea de explicar su situación y hacerla irreversiblemente real. Demasiado pronto para la comprensión o el consejo, demasiado pronto para oír a sus fieles comadres condenando a Jack. Prefirió pasar la noche en un estado de vacuidad, de entumecimiento. Comió pan, queso y aceitunas con una copa de vino blanco y pasó un rato interminable al piano. Primero, con una actitud de desafío, tocó entera la partita de Bach. De vez en cuando, ella y un abogado, Mark Berner, interpretaban canciones, y aquella tarde había visto en la lista del día siguiente que él representaría al hospital en el caso del testigo de Jehová. El próximo concierto se celebraría muchos meses más tarde, justo antes de Navidad, en el Great Hall de Gray's Inn, y tenían que acordar un programa. Pero todavía se sabían de memoria algunos bises y los tocó ahora, imaginando la parte del tenor y demorándose con el triste «Der Leiermann» de Schubert, el organillero pobre, infeliz e ignorado. Una gran concentración la protegió de sus pensamientos y perdió la noción del tiempo. Cuando por fin se levantó del taburete tenía agarrotadas las rodillas y las caderas. En el cuarto de baño partió con los dientes un somnífero, miró la otra mitad mellada que tenía en la palma y también se la tragó.

Veinte minutos más tarde estaba acostada en su lado de la cama y escuchaba con los ojos cerrados las noticias de la radio, el parte meteorológico náutico, el himno nacional y después el noticiario internacional. Mientras aguardaba el olvido, escuchó las noticias una vez más y quizá otra, y luego oyó voces serenas que comentaban el salvajismo del día: los terroristas suicidas en populosas plazas públicas de Paquistán e Irak, el bombardeo de bloques de apartamentos en Siria, la guerra islámica librada por medio de escombros y carrocerías retorcidas de coches, y miembros humanos proyectados por el aire a lo largo de mercados, y gente corriente gimiendo de horror y de congoja. Después las voces hablaron de los drones norteamericanos sobre Waziristán, del sangriento ataque de la semana anterior en la fiesta de una boda. Mientras las voces razonables seguían hablando a medida que la noche avanzaba, se hizo un ovillo para conciliar un sueño agitado.

La mañana transcurrió como otras cien mañanas. Peticiones, alegatos rápidamente asimilados, argumentos oídos, sentencias dictadas, órdenes impartidas, y Fiona que pasaba de su despacho a la sala, topando en el trayecto con colegas, la inclusión de algo festivo en sus diálogos apresurados, la voz cansada del secretario diciendo «Pónganse en pie», el mínimo gesto de saludo al abogado que abría la sesión, el ocasional chiste fácil que ella hacía y que ambos letrados, aduladores, acogían sin esforzarse mucho en ocultar su hipocresía, y sus clientes, si eran una pareja en trámites de divorcio, como lo eran todas aquella mañana de martes, sentados muy lejos uno de otro detrás de sus defensores y sin humor para sonreír.

¿Y el estado de ánimo de Fiona? Se consideraba razonablemente experta en controlarlo, definirlo, y detectaba un cambio notable. Ahora decidió que el día anterior había estado conmocionada, en un estado irreal de aceptación, dispuesta a decirse que, en el peor de los casos, había soportado la conmiseración de familiares y amigos y cierto grado de gran inconveniencia social: las invitaciones grabadas en relieve que tendría que declinar confiando en ocultar su situación. Aquella mañana, al despertar con el lado izquierdo de la cama frío –una forma de amputación–, sintió el primer dolor convencional del abandono. Pensó en el mejor Jack y lo echó de menos, la dureza huesuda y vellosa de sus espinillas, hacia la cual, medio dormida, dejaba que se deslizara la blanda parte inferior del pie a la primera agresión del despertador, cuando rodaba hacia los brazos extendidos de Jack y esperaba dormitando debajo del edredón caliente, con la cara hacia su pecho, hasta que sonaba el segundo aviso del reloj. Aquella capitulación desnuda e infantil, antes de levantarse para ponerse una armadura de adulto, le pareció esta mañana la primera cosa fundamental de la que había sido desterrada. De pie en el cuarto de baño, cuando se despojó del pijama, su cuerpo tenía un aspecto ridículo en el espejo de cuerpo entero. Milagrosamente hundido en algunas partes, abotargado en otras. El trasero pesado. Un fardo irrisorio. De ahí para arriba, frágil. ¿Cómo no iba a abandonarla alguien?

Lavarse, vestirse, tomar café, dejar una nota y facilitar una llave nueva a la asistenta; todos esos gestos la ayudaron a controlar la crudeza de sus sentimientos. Y así empezó su mañana, buscó a su marido en emails, mensajes y el correo, no encontró nada, recogió sus papeles, su paraguas y el teléfono y se fue andando al trabajo. El silencio de Jack parecía despiadado y la sorprendió. Sólo sabía que Melanie, la estadística, vivía en algún sitio cerca de Muswell Hill. No era imposible seguirle la pista o buscar a Jack en la universidad. Pero qué humillación sería entonces encontrarle en un pasillo del departamento caminando hacia ella, enlazado del brazo con su amante. O encontrarle solo. ¿Qué podía proponerle aparte de una súplica inútil e ignominiosa de que regresara? Podría exigirle la confirmación de que él había abandonado el hogar, y él le diría lo que ella ya sabía y no quería oír. De modo que esperaría hasta que determinado libro, camisa o raqueta de tenis le indujera a volver a la vivienda cerrada con otra llave. Entonces le tocaría a él buscarla, y cuando hablasen ella estaría en su propio terreno con la dignidad intacta, al menos exteriormente.

Tal vez no lo traslucía, pero estaba abatida cuando acometió la lista del martes. Una discusión compleja sobre derecho mercantil prolongó el último caso de la mañana. Un marido en proceso de divorcio afirmó que los tres millones de libras que le habían ordenado pagar a su mujer no eran suyos. Pertenecían a su empresa. Salió a relucir, aunque demasiado lentamente, que él era el administrador único y el único empleado de una firma que no fabricaba ni producía nada: era una tapadera para un beneficioso apaño fiscal. Fiona falló a favor de la mujer. Ahora la tarde quedaba despejada para la petición urgente del hospital en el caso del testigo de Jehová. De nuevo en su despacho, comió un bocadillo y una manzana sentada ante el escritorio mientras leía los alegatos. Entretanto sus colegas almorzaban opíparamente en el Lincoln's Inn. Cuarenta minutos más tarde, una idea esclarecedora la acompañó en el trayecto hasta la sala número ocho. Aquí se trataba de una cuestión de vida o muerte.

Entró, la sala se levantó, ella se sentó y observó a las partes mientras tomaban asiento. Junto al codo tenía un montoncito de papel blanco cremoso a cuyo lado depositó el bolígrafo. Sólo entonces, al ver aquellas hojas limpias, desaparecieron por completo los últimos vestigios, la mancha de su propia situación. Ya no tenía una vida privada, estaba preparada para abstraerse.

Alineadas ante ella estaban las tres partes. Su amigo

Mark Berner, consejero de la Reina, y otros dos abogados representaban al hospital. John Tovey, un letrado de edad al que Fiona no conocía, y su procurador defendían los intereses de Adam Henry y su tutora, la funcionaria de la Cafcass. Representaban a los padres otro consejero de la Reina, Leslie Grieve, y dos abogados. Sentado a su lado estaban el señor y la señora Henry. Él era un hombre enjuto y bronceado cuya corbata y traje de buen corte podrían haberle hecho pasar por un miembro prestigioso de la magistratura. La señora Henry era huesuda y llevaba unas gafas enormes de montura roja que reducían a puntos el tamaño de sus ojos. Se sentaba erguida y con los brazos firmemente cruzados. Ninguno de los dos cónyuges parecía especialmente acobardado. Fiona supuso que los periodistas no tardarían en congregarse en los pasillos, a la espera de que les autorizase a entrar en la sala para oír su decisión.

—Todos ustedes son conscientes de que estamos aquí por un asunto de extrema urgencia —comenzó—. El tiempo es fundamental. Por favor, ténganlo presente, sean breves y vayan al grano. Señor Berner.

Inclinó la cabeza hacia él y Berner se levantó. Era totalmente calvo y corpulento, pero tenía los pies delicados —calzaba un treinta y ocho, se rumoreaba—, lo cual era objeto de burla a sus espaldas. Su voz tenía un timbre de tenor aceptable, y actuando con Fiona el momento más glorioso del dúo había sido su interpretación conjunta de «Der Erlkönig» de Schubert en una cena en Gray's Inn para celebrar la jubilación de un magistrado del tribunal supremo apasionado de Goethe.

—Seré breve, en efecto, señoría, porque como usted indica el tiempo apremia. Mi cliente en este caso es el Hospital General Edith Cavell, en Wandsworth, que solicita que este tribunal le autorice a tratar a un chico, llamado A en los documentos, que cumplirá dieciocho años dentro de menos de tres meses. Experimentó agudos dolores estomacales el día 14 de mayo, cuando se estaba poniendo las espinilleras para batear en el equipo de críquet de su colegio. Durante los dos días siguientes los dolores se volvieron intensos, incluso insoportables. Su médico de cabecera, no obstante su gran experiencia y pericia, no sabía qué hacer y consultó...

–He leído los documentos, señor Berner.

El letrado prosiguió.

–Entonces, su señoría, creo que todas las partes admiten que Adam padece leucemia. El hospital desea tratarle de la manera habitual con cuatro fármacos, un procedimiento terapéutico universalmente reconocido y practicado por los hematólogos, como puedo mostrar...

–No hace falta, señor Berner.

–Gracias, señoría.

Berner procedió rápidamente a esbozar el tratamiento convencional y esta vez Fiona no intervino. Dos de las cuatro medicinas trataban directamente las células de la leucemia, mientras que las otros dos infectaban grandes zonas a su paso, en especial la médula, afectando de este modo el sistema inmunológico y su capacidad de producir glóbulos rojos, glóbulos blancos y plaquetas. En consecuencia, lo habitual era realizar transfusiones durante el tratamiento. En este caso, sin embargo, al hospital le impedían hacerlas. Adam y sus padres eran testigos de Jehová y era contrario a su fe admitir productos sanguíneos en su cuerpo. Exceptuando esto, el chico y sus padres accedían a cualquier otro tratamiento que el hospital pudiera dispensarle.

–¿Y cuál le ofrecieron?

–Señoría, por deferencia hacia los deseos de la familia,

sólo se le han administrado los medicamentos específicos para la leucemia. No se consideran suficientes. A este respecto me gustaría llamar al hematólogo.

–Muy bien.

Rodney Carter se sentó en el estrado y prestó juramento. Alto, cargado de espaldas, severo, con cejas blancas y tupidas por debajo de las cuales miraba con un desprecio feroz. Del bolsillo superior de su terno gris pálido asomaba un pañuelo azul de seda. Daba la impresión de que consideraba que la sesión judicial era una tontería y que al chico habría que llevarle por el pescuezo a que le hicieran una transfusión de inmediato.

Se formularon las preguntas usuales para establecer las referencias de Carter, sus años de experiencia y su jerarquía. Cuando Fiona se aclaró la garganta suavemente, Berner captó la insinuación y pidió al doctor que resumiera para la jueza el estado del paciente.

–Definitivamente, no es bueno.

Le pidieron que lo concretara.

Carter respiró y miró a su alrededor, vio a los padres y desvió la mirada. Su paciente estaba débil, dijo, y como era previsible mostraba los primeros indicios de dificultad respiratoria. Si a él le hubieran dado carta blanca para aplicar un tratamiento, habría calculado que las posibilidades de una curación completa eran del ochenta al noventa por ciento. En el estado actual eran mucho menores.

Berner le pidió datos específicos sobre la sangre de Adam.

Carter dijo que cuando el chico ingresó, el cómputo de hemoglobina era de 8,3 gramos por decilitro. Lo normal era alrededor de 12,5. Había disminuido continuamente. Hacía tres días era 6,4. Esta mañana, 4,5 gramos. Si llegaba a 3, el paciente correría un peligro extremo.

Berner se disponía a hacer otra pregunta, pero Carter se le adelantó.

–El número normal de leucocitos se sitúa entre 5 y 9. Él tiene ahora 1,7. En cuanto a las plaquetas...

Fiona le interrumpió.

–¿Sería tan amable de recordarme su función?

–Son necesarias para la coagulación, señoría.

Lo normal, dijo al tribunal el especialista, eran 250. El chico tenía 34. Por debajo de 20 cabía esperar una hemorragia espontánea. En este punto, Carter giró un poco la cabeza y pareció que se dirigía a los padres en lugar de al abogado.

–El último análisis –dijo gravemente– nos reveló que no se está generando sangre nueva. Un adolescente sano podría producir quinientos mil millones de células sanguíneas al día.

–¿Y si le hicieran una transfusión, señor Carter?

–El chico tendría una posibilidad razonable. Aunque no tantas como habría tenido si le hubiéramos hecho la transfusión desde el principio.

Berner hizo una breve pausa y cuando volvió a hablar bajó la voz, como escenificando la posibilidad de que Adam Henry entreoyera sus palabras.

–¿Ha hablado con su paciente de lo que le sucederá si no recibe una transfusión?

–Sólo de un modo muy general. Sabe que podría morir.

–Pero desconoce la muerte que le espera. ¿Le importaría describírsela al tribunal?

–Como quiera.

Berner y Carter parecían confabulados acerca de los datos truculentos para informar a los padres. Era un enfoque razonable y Fiona no intervino.

Carter dijo, despacio:

—Será angustiosa, no sólo para él sino para el equipo médico que le trata. Algunos miembros del personal están furiosos. Se pasan el día administrando tratamientos con PRP, para decirlo con jerga hospitalaria. Simplemente no comprenden por qué tienen que perder a este paciente. Un rasgo de su agonía será su lucha por respirar, una batalla que le parecerá espantosa y que está condenado a perder. Tendrá la sensación de que se ahoga poco a poco. Antes de esto, puede sufrir hemorragias internas. Es posible que se produzca una insuficiencia renal. Algunos enfermos pierden la vista. O puede sufrir un ictus, con toda clase de consecuencias neurológicas. Hay casos distintos. Lo único seguro es que sería una muerte horrible.

—Gracias, señor Carter.

Leslie Grieve, abogado de los padres, se levantó para interrogarle. Fiona le conocía un poco por su reputación, pero en aquel momento no recordaba si alguna vez había comparecido ante ella. Le había visto por los tribunales, una especie de petimetre de pelo plateado y con la raya en medio, pómulos altos, nariz larga y afilada, expresión altiva. Tenía una soltura o libertad de movimientos que establecía un contraste agradable con los ademanes contenidos de sus colegas más graves. Todo este efecto triunfal y alegre lo complicaba un problema visual que tenía, una especie de estrabismo, porque parecía que nunca miraba a lo que estaba viendo. Esta deficiencia aumentaba su atractivo. A veces desorientaba a los testigos cuando les interrogaba, y podía ser la causa de que el hematólogo se mostrara ahora irritable. Grieve dijo:

—¿Usted acepta, verdad, señor Carter, que la libertad de elegir un tratamiento médico es un derecho humano fundamental de los adultos?

—Sí.

–Y que dispensar una terapia sin consentimiento constituiría un atentado contra la persona, o en realidad una agresión a la misma.

–Estoy de acuerdo.

–Y Adam no está lejos de ser un adulto, tal como lo define la ley.

–Si cumpliera dieciocho años mañana por la mañana, hoy todavía no habría llegado a la mayoría de edad –dijo Carter. Lo dijo con vehemencia. Grieve no se inmutó.

–Adam es prácticamente un adulto. Ha expresado de un modo inteligente y articulado lo que opina de un tratamiento, ¿no es así?

En este punto, los hombros caídos del especialista desaparecieron y creció un palmo.

–Opina lo que sus padres. No tiene una opinión propia. Su objeción a la transfusión se basa en las doctrinas de un culto religioso por el cual bien puede convertirse en un mártir inútil.

–Culto es una palabra fuerte, señor Carter –dijo Grieve en voz baja–. ¿Tiene usted creencias religiosas?

–Soy anglicano.

–¿Es la Iglesia de Inglaterra un culto?

Fiona levantó la vista de su libreta. Grieve respondió frunciendo los labios y haciendo un alto para aspirar una gran bocanada de aire. El médico dio la impresión de que se disponía a abandonar el estrado, pero el abogado no había concluido.

–¿Tiene usted conocimiento, señor Carter, de que la Organización Mundial de la Salud calcula que entre el quince y el veinte por ciento de los nuevos casos de sida se deben a las transfusiones de sangre?

–No ha habido casos así en mi hospital.

–Las comunidades de hemofílicos de diversos países

han sufrido la tragedia del contagio del sida en una escala masiva, ¿no es así?

–Eso fue hace bastante tiempo y ya no sucede.

–Y hay otras infecciones posibles por vía de transfusiones, ¿no es así? Hepatitis, la enfermedad de Lyme, la malaria, la sífilis, la enfermedad de Chagas, la enfermedad de injerto contra huésped, los edemas pulmonares derivados de una transfusión. Y, por supuesto, la variante Creutzfeldt. Jakob.

–Todas ellas patologías sumamente raras.

–Pero se sabe que existen. Y luego están las reacciones hemolíticas producidas por los grupos sanguíneos desiguales.

–También raras.

–¿Sí? Permítame citarle, señor Carter, un extracto del muy respetado *Manual para la conservación de la sangre:* «Hay al menos veintisiete etapas entre la extracción de una muestra de sangre y el destinatario que recibe la transfusión, y existen errores potenciales en cada etapa del proceso.»

–Nuestro personal está altamente cualificado. Son muy meticulosos. No recuerdo una sola reacción hemolítica en años.

–Si añadimos todos estos peligros, señor Carter, ¿no diría usted que hay motivo suficiente para hacer reflexionar a una persona racional, sin que esta persona pertenezca a lo que usted llama un culto?

–En la actualidad, los productos sanguíneos se someten a los controles de calidad más exigentes.

–Aun así, no sería del todo irracional dudar antes de aceptar una transfusión.

Carter reflexionó un momento.

–Dudar quizá, a lo sumo. Pero negarse en un caso como el de Adam sería irracional.

–Admite que la vacilación es normal. O sea que no sería ilógico, en vista de todas las posibilidades de infecciones y errores, que el paciente insistiera en que se le pidiese su consentimiento.

El hematólogo hizo un alarde de autocontrol.

–Está haciendo juegos de palabras. Si no me permiten hacer una transfusión a este paciente, quizá no se recupere. Como poco podría perder la vista.

Grieve dijo:

–Habida cuenta de los riesgos, ¿no le parece que en su profesión se hacen transfusiones de una manera un tanto irreflexiva? No es algo que se base en las pruebas, ¿verdad, señor Carter? Es más bien como las sangrías en la antigüedad, sólo que, por supuesto, al revés. A los pacientes que pierden veinte centilitros de sangre durante una operación quirúrgica se les hace una transfusión, ¿no? Y, sin embargo, a un donante le extraen medio litro de sangre y después se va derecho al trabajo, y no le pasa nada.

–No puedo hacer comentarios sobre el juicio clínico ajeno. La opinión general, supongo, es que un paciente debilitado por la cirugía debería tener toda la sangre que Dios le asignó.

–¿No es cierto que a los pacientes que son testigos de Jehová se les trata normalmente con lo que ahora se llama cirugía incruenta? Las transfusiones no son necesarias. Permítame que le cite de la *American Journal of Otolaryngology:* «La cirugía incruenta ha llegado a ser una buena práctica, y en el futuro bien podría convertirse en el parámetro de tratamiento aceptado.»

El doctor se mostró desdeñoso.

–Aquí no estamos hablando de cirugía. Este paciente necesita sangre porque su tratamiento le impide generar la suya. Es así de claro.

–Gracias, señor Carter.

Grieve se sentó y John Tovey, que parecía depender de un bastón con pomo de plata y que era el defensor de Adam Henry, se puso en pie resollando para interrogar al hematólogo.

–Es evidente que ha hablado a solas con Adam.

–Sí.

–¿Se ha formado una idea de su inteligencia?

–Es extremadamente inteligente.

–¿Se expresa bien?

–Sí.

–Su criterio, su entendimiento, ¿están alterados por su estado médico?

–Todavía no.

–¿Le ha dado a entender que necesita una transfusión?

–Sí.

–¿Y qué ha respondido él?

–Se niega rotundamente a causa de su religión.

–¿Sabe usted exactamente la edad que tiene, en años y meses?

–Tiene diecisiete años y nueve meses.

–Gracias, señor Carter.

Berner se levantó para un nuevo interrogatorio.

–Señor Carter, ¿puede recordarme cuánto tiempo hace que ejerce como hematólogo?

–Veintisiete años.

–¿Cuáles son los riesgos de una reacción adversa en una transfusión de sangre?

–Muy bajos. Nada comparado con el daño que sufrirá el paciente si no se le hace una transfusión.

Berner indicó que no tenía más preguntas.

Fiona dijo:

–En su opinión, señor Carter, ¿de cuánto tiempo disponemos para resolver este asunto?

–Si no puedo transfundir sangre a este chico, mañana por la mañana entraremos en un territorio muy peligroso.

Berner se sentó. Fiona dio las gracias al doctor, que se retiró con un gesto seco, posiblemente rencoroso, hacia el banquillo. Grieve se puso en pie y dijo que llamaría de inmediato al padre. Cuando el señor Henry llegó al estrado, preguntó si podía jurar sobre la Traducción del Nuevo Mundo de la Biblia. El secretario le dijo que sólo tenían la Biblia del rey Jacobo. El testigo asintió y juró sobre ella, y a continuación fijó la mirada pacientemente en Grieve.

Kevin Henry medía alrededor de uno sesenta y cinco de estatura y parecía tan ágil y fuerte como un trapecista. Sin duda era muy hábil manejando una excavadora mecánica, pero tenía aspecto de sentirse igualmente a gusto con su traje gris de buen corte y su corbata de seda verde claro. El rumbo de las preguntas de Leslie Grieve apuntaba a retratarle en una lucha temprana, seguida de la plenitud de una familia cariñosa, estable y feliz. ¿Quién lo dudaba? Los Henry se habían casado jóvenes, a los diecinueve años, hacía diecisiete. Los primeros años, cuando Kevin trabajaba de obrero, fueron duros. Era «un tipo salvaje», bebía demasiado, maltrataba a su mujer, Naomi, aunque nunca la había pegado. Al final le despidieron porque a menudo llegaba tarde al trabajo. Debían el alquiler, el bebé lloraba por la noche, la pareja se peleaba, los vecinos se quejaban. Les amenazaron con desalojarles de su apartamento de un dormitorio en Streatham.

La liberación llegó de la mano de dos jóvenes norteamericanos educados que se presentaron una tarde en la puerta de Naomi. Volvieron al día siguiente y hablaron con Kevin, que al principio se mostró hostil. Por último, una visita a la Sala del Reino más cercana, un recibimiento amable y luego, poco a poco, conocieron a personas agradables que pronto se hicieron amigos suyos, y sostuvieron útiles charlas con miembros de la congregación ancianos y juiciosos, y después el estudio de la Biblia, que al principio les costó mucho: gradualmente, el orden y la paz se instauraron en su vida. Kevin y Naomi empezaron a vivir en la verdad. Aprendieron el futuro que Dios reservaba a la humanidad y cumplieron su deber esforzándose en propagar la palabra. Descubrieron que había un paraíso en la tierra y que podían integrarse en él si se afiliaban a aquel grupo privilegiado al que los Testigos llamaban «otras ovejas». Empezaron a entender el precioso valor de la vida. A medida que se hacían mejores padres, su hijo se iba calmando. Kevin asistió a un curso subvencionado por el gobierno para aprender a manejar maquinaria pesada. No mucho después de cualificarse le ofrecieron un empleo. En el trayecto a la Sala del Reino, acompañados de Adam, para dar las gracias, los padres se dijeron mutuamente que habían vuelto a enamorarse. Enlazaron las manos en la calle, algo que nunca habían hecho. Desde entonces, habían vivido en la verdad y educado a Adam en la fe con la red íntima y el apoyo de sus amigos de Jehová. Cinco años atrás, Kevin creó su propia empresa. Poseía unas cuantas excavadoras, volquetes y una grúa, y empleaba a nueve hombres. Ahora Dios había infligido la leucemia a su hijo y Kevin y Naomi afrontaban la prueba definitiva de su fe.

El señor Henry respondió de una manera reflexiva a cada una de las preguntas perentorias de su abogado. Fue respetuoso, pero no estaba intimidado por el tribunal, como otras muchas personas. Habló sencillamente de sus fracasos de antaño, refirió desinhibido el momento en que él y su mujer unieron las manos, no vaciló en emplear la palabra «amor» en aquel entorno. Al contestar a una pregunta de Grieve, se volvía con frecuencia hacia Fiona para abordarla directamente y sostenerle la mirada. Automáticamente, ella intentó ubicar su acento. Un dejo de *cockney*, un rastro más tenue de West Country; era la voz confiada de un hombre que daba por sentada su capacidad, muy acostumbrado a dar órdenes. Hablaban así algunos músicos de jazz británicos, un entrenador de tenis al que ella conocía y suboficiales del ejército, policías de alto rango, paramédicos, un capataz de plataforma petrolífera que una vez había comparecido ante ella. Hombres que no dirigían el mundo pero que lo hacían funcionar.

Grieve hizo una pausa para marcar el final de este relato de cinco minutos y luego preguntó en voz baja:

—Señor Henry, explique al tribunal por qué Adam se niega a recibir una transfusión.

Kevin vaciló, como si fuera la primera vez que se lo preguntaban. Apartó la mirada de Grieve para dirigir su respuesta a Fiona.

—Tiene que comprender —dijo— que la sangre es la esencia de lo humano. Es el alma, la vida misma. Y así como la vida es sagrada, también lo es la sangre. —Pareció que había terminado, pero añadió rápidamente—: La sangre significa el don de la vida que todo ser vivo debería agradecer. —Enunció estas frases no como si fueran convicciones valiosas, sino hechos probados, como un ingeniero que describe la construcción de un puente.

Grieve esperó, expresando con su silencio que su pregunta no había sido contestada. Pero Kevin Henry había concluido y miraba directamente hacia delante.

Grieve insistió.

—Entonces, si la sangre es un don, ¿por qué su hijo rechaza la que quieren darle los médicos?

—Mezclar tu sangre con la de un animal o la de otro

ser humano es una infección, una contaminación. Es un rechazo del maravilloso don del Creador. Por eso Dios lo prohíbe específicamente en el Génesis, en el Levítico y en los Hechos. Grieve asentía. Henry se limitó a añadir:

—La Biblia es la palabra de Dios. Adam sabe que hay que obedecerla.

—¿Usted y su esposa quieren a su hijo, señor Henry?

—Sí. Le queremos.

Lo dijo en voz baja y lanzó a Fiona una mirada de desafío.

—¿Y si rechazar una transfusión de sangre le ocasiona la muerte?

Una vez más, Kevin Henry miró hacia delante, a la pared revestida de madera. Cuando habló lo hizo con una voz tensa.

—Ocupará su sitio en el reino de los cielos en la tierra que habrá de llegar.

—Y usted y su mujer, ¿cómo se sentirán?

Naomi Henry seguía sentada rígidamente derecha, con una expresión inescrutable detrás de sus gafas. Se había vuelto hacia el abogado en lugar de hacia el marido que declaraba en el estrado. Desde donde estaba Fiona no veía bien si los ojos de Naomi, hundidos debajo de las lentes, estaban abiertos. Kevin Henry dijo:

—Habrá hecho lo correcto y verdadero, lo que el Señor ordenó.

Una vez más Grieve aguardó y después dijo, con un tono más apagado:

—Estará afligido, ¿verdad, señor Henry?

En este momento el tono de bondad afectada del letrado hizo que al padre le fallara la voz. Sólo pudo asentir. Fiona vio el músculo que se le tensaba alrededor de la gar-

81

ganta mientras recobraba el dominio de sí mismo. El abogado dijo:

–La negativa de Adam, ¿es una decisión de él o en realidad es de usted?

–No podríamos disuadirle, aunque quisiéramos.

Grieve prosiguió esta línea de interrogatorio durante varios minutos, tratando de demostrar que el chico no estaba sometido a una influencia excesiva. En ocasiones había recibido la visita de dos ancianos de la congregación. El padre no fue invitado a estar presente. Pero después, en un pasillo del hospital, los ancianos le habían dicho que les había impresionado y conmovido la comprensión que tenía el chico de su situación y su conocimiento de las escrituras. Les satisfacía que supiera lo que quería y que viviese en la verdad, tal como estaba dispuesto a morir.

Fiona intuyó que Berner se disponía a objetar. Pero él sabía que ella no perdería el tiempo descartando testimonios de oídas.

La última serie de preguntas de Leslie Grieve fueron parar instar al señor Henry a que se explayara sobre la madurez emocional de su hijo. Lo hizo tan orgulloso que ahora nada en su tono traslucía que pensara que estaba a punto de perderlo.

Mark Berner se levantó para interrogarle cuando ya eran las tres y media. Comenzó expresando su compasión al matrimonio por la enfermedad de su hijo y la esperanza de una recuperación completa: una señal segura, al menos para Fiona, de que el letrado se proponía entrar de lleno al trapo. Kevin Henry inclinó la cabeza.

–Aclaremos de entrada una cuestión simple, señor Henry. Los libros de la Biblia que usted menciona, el Génesis, el Levítico y los Hechos de los Apóstoles, prohíben *comer* sangre o, en un caso, exhortan a abstenerse de hacerlo. La Traducción del Nuevo Mundo del Génesis, por ejemplo, dice: «Sólo carne con su alma, su sangre, no debéis comer.»

–Así es.

–Por tanto, no dice nada de las transfusiones.

Henry dijo, pacientemente:

–Creo que en los originales griego y hebreo encontrará que significa «introducirla en el cuerpo».

–Muy bien. Pero en la época de esos textos de la Edad de Hierro la transfusión no existía. ¿Cómo podía estar prohibida?

Kevin Henry movió la cabeza. En su voz hubo piedad o generosa tolerancia.

–Sin duda existía en la mente de Dios. Tiene que comprender que esos libros son su palabra. Inspiró a sus profetas elegidos para que escribieran su voluntad. Da igual la edad que fuese, la de Piedra, la de Bronce o la que fuera.

–Puede que sea así, señor Henry. Pero muchos testigos de Jehová cuestionan esta idea sobre la transfusión exactamente con estos términos. Están dispuestos a aceptar los productos sanguíneos, o algunos de ellos, sin renegar de su fe. ¿No cree que el joven Adam tiene otras alternativas y que usted podría convencerle de que optara por ellas y salvara su vida?

Henry se volvió hacia Fiona.

–Son muy pocos los que se desvían de las enseñanzas del Cuerpo Gobernante. No conozco a nadie en nuestra congregación, y nuestros mayores no tienen ninguna duda a este respecto.

Las luces del techo brillaban intensamente sobre el lustroso cuero cabelludo de Berner. En una virtual parodia del interrogador intimidatorio, aferraba con la mano derecha la solapa de su chaqueta.

—Esos estrictos ancianos visitan a su hijo todos los días, ¿verdad? Tienen mucho interés en asegurarse de que el chico no cambie de opinión.

El primer atisbo de irritación asaltó a Kevin Henry. Se puso en guardia, agarró el borde del estrado y se inclinó ligeramente hacia delante, como si sólo le retuviera una correa invisible. Su tono, sin embargo, se mantuvo sereno.

—Son hombres bondadosos y honestos. Otras iglesias envían a sus clérigos a recorrer los pabellones. A mi hijo le aconsejan y le consuelan los ancianos. Si no fuera así me lo diría.

—¿No es cierto que si accediera a recibir una transfusión sería excomulgado, como dicen ustedes? ¿Expulsado de la comunidad, en otras palabras?

—Desasociado. Pero eso no va a ocurrir. No va a cambiar de opinión.

—Técnicamente, señor Henry, es todavía un niño a su cargo. Por eso quiero que usted cambie de idea. Su hijo tiene miedo de que le rehúyan, ¿no es la palabra que emplean? De que le rechacen por no hacer lo que usted y los ancianos quieren. El único mundo que conoce le daría la espalda por preferir la vida a una muerte terrible. ¿Es eso una elección libre para un chico joven?

Kevin Henry hizo una pausa para reflexionar. Miró por primera vez a su mujer.

—Si usted pasara cinco minutos con él se daría cuenta de que sabe lo que se hace y es capaz de tomar una decisión conforme con su fe.

—Yo prefiero pensar que encontraría a un chico aterrado y gravemente enfermo que quiere con toda su alma la aprobación de sus padres. Señor Henry, ¿le ha dicho a Adam que es libre de recibir una transfusión si lo desea? ¿Y que seguiría queriéndole?

—Le he dicho que le quiero.

—¿Sólo eso?

—Es suficiente.

—¿Sabe usted cuándo se les ordenó a los testigos de Jehová rechazar las transfusiones de sangre?

—Está escrito en el Génesis. Data de la Creación.

—Data de 1945, señor Henry. Hasta entonces era perfectamente aceptable. ¿Le satisface una situación en que en los tiempos modernos un comité de Brooklyn ha decidido la suerte de su hijo?

Kevin Henry bajó la voz, quizá por respeto hacia el tema que trataban, o al verse delante de una cuestión difícil. De nuevo incluyó a Fiona en su respuesta, y hubo calidez en su voz.

—El Espíritu Santo guía a los representantes ungidos. Los llamamos los esclavos, señoría; les orienta hacia verdades profundas que anteriormente no se comprendían. —Se volvió hacia Berner y dijo, sin alterarse—: El Cuerpo Gobernante es el cauce de comunicación de Jehová con nosotros. Es su voz. Si hay modificaciones en las enseñanzas es porque Dios sólo gradualmente revela sus propósitos.

—Esa voz no tolera muchas disensiones. Dice aquí, en este ejemplar de *La Atalaya,* que el pensamiento independiente fue promovido por Satanás al principio de su rebelión, en octubre de 1914, y que los testigos deben evitar una doctrina semejante. ¿Es lo que le dice a Adam, señor Henry? ¿Que tiene que estar alerta contra la influencia de Satanás?

—Queremos evitar las disensiones y disputas y mantenernos unidos. —La confianza de Kevin iba creciendo. Parecía que estaba hablando a solas con el abogado—. Probablemente usted ignora lo que supone someterse a una autoridad superior. Tiene que comprender que lo hacemos por nuestra libre voluntad.

En la cara de Mark Berner afloró un asomo de sonrisa torcida. Admiración por su adversario, quizá.

–Acaba de decirle a mi docto colega que cuando usted tenía veinte años su vida era un desastre. Ha dicho que era un poco salvaje. Es muy improbable, ¿no cree?, que varios años antes, cuando tenía la edad de Adam, usted supiese lo que quería.

–Él ha vivido toda su vida en la verdad. Yo no tuve ese privilegio.

–Y después, que yo recuerde, ha dicho que descubrió que la vida era preciosa. ¿Se refería a la vida de otras personas o solamente a la suya?

–Todas las vidas son un don del Señor. Y Él es el único que nos la puede quitar.

–Es fácil de decir, señor Henry, cuando no se trata de su vida.

–Más difícil es decirlo cuando se trata de tu hijo.

–Adam escribe poesía. ¿Lo aprueba usted?

–No creo que sea especialmente importante en su vida.

–Se peleó con él por eso, ¿verdad?

–Tuvimos unas conversaciones serias.

–¿La masturbación es un pecado, señor Henry?

–Sí.

–¿Y el aborto? ¿La homosexualidad?

–Sí.

–¿Y es lo que le han enseñado a Adam que crea?

–Es lo que él sabe que es la verdad.

–Gracias, señor Henry.

John Tovey se levantó y, resollando un poco, le dijo a Fiona que en vista de la hora que era no tenía más preguntas que hacer al señor Henry, pero que llamaría a la asistenta social, la funcionaria de la Cafcass. Marina Greene era menuda, de pelo rubio rojizo y hablaba con frases cortas y precisas. Era de agradecer, a estas alturas de la tarde. Dijo que Adam era sumamente inteligente. Conocía la Biblia. Conocía las polémicas. Decía que estaba dispuesto a morir por su fe. Había dicho lo siguiente –y aquí Marina Greene, con el permiso de la jueza, leyó de su libreta–: «Soy dueño de mí mismo. Soy independiente de mis padres. Tengan las ideas que tengan, decido por mí mismo.»

Fiona le preguntó qué decisión pensaba que el tribunal debía adoptar. Ella dijo que su opinión era simple y se disculpó por no conocer cada sesgo de la ley. El chico era inteligente y sabía expresarse, pero todavía era muy joven.

–Un menor no debería matarse por motivos religiosos.

Tanto Berner como Grieve declinaron interrogarla.

Antes de escuchar los alegatos finales Fiona concedió una breve pausa. La sala se puso en pie y ella volvió rápidamente a su despacho, bebió un vaso de agua sentada ante su escritorio y comprobó los emails y los sms que había recibido. Muchísimos, pero ninguno de Jack. Buscó de nuevo. Ahora no sentía tristeza ni rabia, sino una oscura sensación de vaciado, de un vacío que se desmoronaba a su espalda y amenazaba con aniquilar su pasado. Otra fase. Parecía imposible que la persona a la que más íntimamente conocía fuera tan cruel.

Fue un alivio volver a la sala varios minutos más tarde. Cuando Berner se levantó era inevitable que desplazara el litigio hacia «la competencia Gillick», un punto de referencia tanto en derecho de familia como en pediatría.

Lord Scarman la había articulado y el abogado lo citó ahora. Un menor, es decir, una persona menor de dieciséis años, puede dar su consentimiento a un tratamiento médico «siempre y cuando posea la comprensión y el entendimiento suficientes para comprender plenamente la cuestión de que se trata». Si Berner, al defender el criterio del hospital de tratar a Adam Henry en contra de su voluntad, invocaba ahora la competencia Gillick era para anticiparse a Grieve antes de que él lo hiciera en nombre de los padres. Adelantarse y establecer los términos. Lo hizo con frases rápidas y cortas, con su voz educada de tenor, tan clara y precisa como cuando cantaba el trágico poema de Goethe.

Era un hecho, dijo Berner, que no realizar una transfusión constituía en sí mismo un tipo de tratamiento. Ninguna de las personas que cuidaban a Adam dudaba de su inteligencia, sus extraordinarias dotes de expresión, su curiosidad y su pasión por la lectura. Había ganado un certamen de poesía convocado por un periódico serio, de difusión nacional. Podía recitar un largo fragmento de una oda de Horacio. Era realmente un chico excepcional. El tribunal ya había oído al especialista confirmar que era inteligente y se expresaba muy bien. Sin embargo, era crucial recordar que el doctor acababa de ratificar que Adam sólo tenía una noción muy vaga de lo que sucedería si no le hacían la transfusión. Su idea de la muerte que le esperaba era general, algo romántica. Por lo tanto no podía afirmarse que cumpliera los requisitos expuestos por Lord Scarman. No cabía la menor duda de que Adam no «comprendía plenamente la cuestión de que se trataba». Con buen criterio, el personal médico no quería explicársela. El veterano profesional sanitario estaba en la mejor posición para juzgar, y su conclusión era clara. La competencia Gillick no era aplicable a Adam. En segundo lugar, aunque lo fuera, y en consecuencia Adam tuviera el derecho a dar su consentimiento, era algo muy distinto del derecho a rechazar un tratamiento que le salvaría la vida. En este punto la ley era inequívoca. El chico no poseería autonomía en la materia hasta que cumpliera dieciocho años.

En tercer lugar, prosiguió Berner, era patente que los riesgos de infección por causa de una transfusión eran mínimos. Por el contrario, las consecuencias de no realizarla eran seguras y horrorosas, probablemente letales. Y cuarto, no era una coincidencia que Adam profesara la misma fe particular que sus padres. Era un hijo amante y solícito que había crecido en la atmósfera de las creencias sinceras y sólidas de sus progenitores. Su criterio muy poco convencional sobre los productos sanguíneos, como el doctor había sugerido de una forma convincente, no era el suyo propio. Todos nosotros, ciertamente, creíamos cosas a los diecisiete años de las que nos avergonzaríamos ahora.

Berner recapituló a toda velocidad. Adam no había cumplido dieciocho años, no comprendía la terrible experiencia que le esperaba si no recibía una transfusión, había sido fuertemente influenciado por la particular secta en la que se había criado y era consciente de las repercusiones adversas si quebrantaba sus directrices. Las ideas de los testigos de Jehová distaban mucho de ser las de un padre moderno y razonable.

Cuando Mark Berner se volvió para sentarse, Leslie Grieve ya estaba de pie. En sus observaciones iniciales, que formuló a unos pocos pasos a la izquierda de Fiona, él también quiso llamar su atención sobre un dictamen de Lord Scarman. «La existencia del derecho de un paciente a tomar sus propias decisiones puede considerarse un derecho humano básico, protegido por la ley consuetudinaria.»

Por consiguiente, el tribunal debería ser extremadamente reacio a interferir en una decisión sobre un tratamiento médico tomada por una persona de evidente inteligencia y entendimiento. Obviamente no era suficiente ampararse en los dos o tres meses que le faltaban a Adam para cumplir dieciocho años. En una cuestión tan grave que afectaba a un derecho humano individual y básico, era improcedente recurrir a la magia de los números. Aquel paciente, que con tanta reiteración y coherencia expresaba sus deseos, estaba cerca, mucho más cerca de tener dieciocho que diecisiete años.

En un esfuerzo de memoria, Grieve cerró los ojos y citó un pasaje de la sección 8 de la Ley Modificada de Familia de 1969. «El consentimiento de un menor que ha alcanzado la edad de dieciséis años a cualquier intervención quirúrgica, médica o dental que, sin su autorización, constituiría una ofensa contra su persona, será tan efectivo como lo sería si hubiera llegado a la mayoría de edad.»

Todos los que conocían a Adam, dijo Grieve, se quedaban admirados por su precocidad y su madurez.

–A su señoría quizá le interese saber que ha leído en voz alta algunos de sus poemas al equipo de enfermeras. Las dejó impresionadas.

Era mucho más reflexivo que la mayoría de los chicos de su edad. El tribunal tenía que tener presente la situación en la que se habría encontrado si hubiera nacido unos meses antes, cuando su derecho fundamental habría sido respetado. Con el pleno respaldo y el amor de sus padres, había expresado claramente su objeción al tratamiento y enunciado con todo detalle los principios religiosos en que se fundaba su negativa.

Grieve hizo una pausa, como para pensar, y luego un gesto hacia la puerta por la que había salido de la sala el hematólogo. Era perfectamente comprensible que el señor Carter despreciara la idea de rechazar el tratamiento. Ello simplemente demostraba la dedicación profesional que cabía esperar de una figura tan eminente. Pero su profesionalidad le enturbiaba el juicio sobre la competencia Gillick de Adam. En última instancia, aquel caso no era médico. Era jurídico y moral. Concernía al derecho inalienable de un joven. Adam comprendía con absoluta claridad las consecuencias de su decisión. Una muerte temprana. Se había expresado al respecto muchas veces. Que no conociera la manera específica de su muerte no venía al caso. Nadie al que se le reconociera la competencia Gillick podía estar en plena posesión de ese tipo de conocimiento. En efecto, nadie lo poseía. Todos sabíamos que algún día moriríamos. Ninguno de nosotros sabía cómo. Y el señor Carter ya había admitido que el equipo que trataba a Adam no deseaba darle una información completa. La competencia Gillick del chico había que buscarla en otra parte, en su comprensión manifiesta del hecho de que negarse a una transfusión podría conducirle a la muerte. Y la competencia Gillick, por supuesto, convertía en ociosa la cuestión de su edad.

Hasta entonces la jueza había llenado tres páginas apretadas de notas. Una de ellas, en una línea aparte, era «¿poesía?». De la corriente de la controversia se alzaba una imagen nítida: recostado en almohadas, un adolescente leía sus versos a una enfermera fatigada, que sabía que la necesitaban otros pacientes pero era demasiado amable para decirlo.

Fiona había escrito poesía cuando tenía la edad de Adam Henry, aunque nunca se había atrevido a leerla en voz alta, ni siquiera a sí misma. Recordaba estrofas de cuatro versos audazmente desprovistos de rima. Incluso uno de ellos versaba sobre el hecho de morir ahogada, hundirse deliciosamente hacia atrás entre los juncos del río, una fantasía poco verosímil inspirada en el cuadro de Ofelia pintado por Millais, ante el cual se había quedado extasiada durante una visita escolar a la Tate. Aquel osado poema en un cuaderno deteriorado por el uso y en cuya cubierta había garabatos de peinados atractivos, dibujados con tinta púrpura. Que ella supiera, estaba en el fondo de una caja de cartón, en algún sitio al fondo de la habitación de huéspedes sin ventana que había en casa. Si es que todavía podía llamarla casa.

Grieve concluyó diciendo que a Adam le faltaba tan poco para cumplir dieciocho años que este dato no cambiaba nada. Satisfacía los requisitos formulados por Lord Scarman y poseía la competencia Gillick. El abogado citó al juez Balcombe: «A medida que los adolescentes se aproximan a la mayoría de edad son cada vez más capaces de tomar sus propias decisiones en lo relativo a los tratamientos médicos. Satisfará normalmente los intereses de un joven de edad y entendimiento suficientes el tomar una decisión informada que el tribunal debería respetar.» El tribunal no debía adoptar criterio alguno sobre una religión concreta, excepto para respetar las expresiones de fe. Tampoco debía caer en la tentación de adentrarse en el peligroso territorio de socavar el derecho elemental de un individuo a rechazar un tratamiento.

Cuando por último le tocó su turno, Tovey fue breve. Con la ayuda del bastón consiguió ponerse en pie. Representaba tanto al chico como a Marina Greene, su tutora, y se esmeró en adoptar un tono neutral. Los argumentos de ambas partes habían sido bien expuestos por sus colegas y se habían abordado todos los puntos jurídicos pertinentes. No se cuestionaba la inteligencia de Adam. Sus conocimientos sobre las Escrituras, tal como las entendía y propagaba su secta, eran rigurosos. Era importante tener en cuenta que casi tenía dieciocho años, pero aun así seguía siendo un menor. Por consiguiente, correspondía a su señoría decidir el peso que concedía a la voluntad del chico.

Cuando se sentó el letrado hubo un silencio mientras Fiona escudriñaba sus notas y ordenaba sus pensamientos. Tovey la había ayudado a sintetizarlos con vistas a una decisión. Se dirigió a él y le dijo:

–Habida cuenta de las circunstancias únicas de este caso, he decidido que me gustaría escuchar personalmente a Adam Henry. Lo que me interesa no es tanto su conocimiento de las Escrituras como el grado en que comprende su situación y a lo que se enfrenta si fallo en contra del hospital. Además, debería saber que no se encuentra en las manos de una burocracia impersonal. Le explicaré que soy yo la que tomará la decisión que más beneficie a sus intereses.

Prosiguió diciendo que se desplazaría enseguida al hospital de Wandsworth en compañía de la señora Greene y que, en presencia de ella, se sentaría junto a la cama de Adam. La sesión, por tanto, quedó suspendida hasta el regreso de Fiona, momento en el cual dictaría sentencia en una sesión pública.

3

Mientras su taxi estaba parado en el puente de Water-
loo, en medio del intenso tráfico, Fiona resolvió que el
caso consistía en una mujer al borde de desplomarse que
cometía un error sentimental de juicio profesional, o en
un chico liberado, o bien entregado a las convicciones de
una secta, por la intervención crucial del tribunal laico.
No pensó que pudiese ser las dos cosas. La cuestión quedó
en suspenso mientras miraba a su izquierda, hacia St.
Paul, río abajo. La marea estaba bajando deprisa. Words-
worth, en un puente cercano, quedaba a la derecha, en
ambas direcciones era la mejor perspectiva urbana del
mundo. Incluso con lluvia pertinaz. A su lado estaba Marina Greene. No habían hablado, aparte de una charla tri-
vial y desganada cuando salían de los juzgados. Sólo lo
convencional, para guardar las distancias. Y Greene, indiferente o muy acostumbrada a la vista a su derecha, río
arriba, estaba concentrada en su móvil, leyendo, teclean-
do, frunciendo las cejas al estilo contemporáneo.

Cuando por fin pasaron al lado del South Bank, giraron río arriba a paso de peatón y tardaron casi quince minutos en llegar a Lambeth Palace. Fiona tenía su móvil

apagado, lo cual era su única defensa contra la compulsión de leer mensajes y emails cada cinco minutos. Había escrito un mensaje, pero no lo había enviado. *¡No puedes hacer esto!* Pero Jack lo estaba haciendo, y el signo de admiración lo decía todo: era una idiota. Su tono emocional, como ella lo llamaba a veces y que le gustaba controlar, era totalmente nuevo. Una mezcla de desolación e indignación. O de anhelo y de ira. Quería que él volviese, no quería volver a verle nunca. La vergüenza era también un componente. Pero ¿qué había hecho? ¿Se había enfrascado en el trabajo, descuidado a su marido, permitido que la distrajera un caso largo? Pero él tenía su propia profesión, humores cambiantes. La habían humillado y no quería que nadie lo supiese y fingía que todo iba bien. Se sentía manchada por el secreto. ¿Qué era aquello, era la vergüenza? En cuanto la informara, una de sus amigas sensatas le apremiaría a que llamase por teléfono a Jack para pedirle una explicación. Imposible. Seguía sin superar el miedo a oír lo peor. Cada cosa que pensaba ahora sobre la situación ya la había pensado varias veces antes, y sin embargo la rumiaba de nuevo. Una recurrencia mental de la que sólo el sueño médicamente inducido podía rescatarla. El sueño o aquella excursión poco ortodoxa.

Por fin estaban en Wandsworth Road y circulando a treinta y dos kilómetros por hora, la velocidad de un caballo al galope. Dejaron a la derecha un antiguo cine reconvertido en pistas de squash donde, muchos años antes, Jack había jugado hasta los límites de la resistencia para conquistar el puesto undécimo en un torneo abierto a todos los londinenses. Y ella, esposa joven y fiel, algo aburrida, situada bien lejos de la pared de cristal de la pista, lanzaba de vez en cuando una ojeada a sus notas sobre un caso de violación en el que era la abogada defensora y que perdería. Ocho años para su indignado cliente. Nunca la perdonaría, y con razón.

Fiona tenía la ignorancia y el desdén que la maraña destartalada y sin límites del sur del Támesis suscitaba en los residentes del norte de Londres. Ni una parada de metro que diera sentido y conexión a un páramo de pueblos absorbidos mucho tiempo atrás, a los comercios tristes y las gasolineras turbias intercaladas entre casas eduardianas polvorientas y bloques de apartamentos brutalistas, las madrigueras concebidas para pandillas de drogadictos. Las multitudes de las aceras, a la deriva en actividades ajenas, pertenecían a otra ciudad, a una ciudad remota, no a la suya. ¿Cómo se habría enterado de que atravesaban Clapham Junction si no hubiera visto la despintada señal jocosa encima de una tienda de electricidad cerrada con tablones? ¿Por qué vivir allí? Detectó en sí misma los signos de una misantropía envolvente y se forzó a recordar su misión. Iba a visitar a un chico gravemente enfermo.

Le gustaban los hospitales. A los trece años, cuando corría al instituto a toda velocidad en bicicleta, una ranura en la tapa de una alcantarilla la hizo salir despedida por encima del manillar. Una leve conmoción y rastros de sangre en la orina obligaron a ingresarla para observación. No había sitio en el pabellón pediátrico: un autocar de escolares había vuelto de España con un virus estomacal no identificado. La pusieron con las mujeres y se quedó con ellas durante una semana de pruebas sencillas. Era a mediados de la década de 1960, cuando el espíritu de los tiempos aún no había empezado a cuestionar y a deshacer las almidonadas jerarquías médicas. El pabellón victoriano de techo alto estaba limpio y ordenado, las aterradoras hermanas del pabellón eran muy protectoras con su paciente más joven, y las viejas, algunas de las cuales, vistas en retrospectiva, estaban en la treintena, adoraban y cuidaban a Fiona. Nunca se paró a pensar en sus dolencias. Ella era su niña bonita y vivía una nueva existencia. Perdió sus antiguas costumbres domésticas y escolares. No pensó mucho en el hecho de que una o dos mujeres encantadoras desaparecieran de sus camas durante la noche. Estaba muy protegida contra las histerectomías, el cáncer y la muerte, y pasó una semana maravillosa sin alarma ni dolores.

Por las tardes, después del instituto, sus amigas iban a verla, sobrecogidas por la emoción de estar haciendo una visita independiente, como los adultos. Cuando este respeto se disipó, tres o cuatro chicas rondaban la cama de Fiona, se zarandeaban y cloqueaban reprimiendo la risa por las cosas más nimias: una enfermera que pasaba ceñuda, dando grandes zancadas, el saludo exageradamente serio de una anciana desdentada, alguien que vomitaba roncamente al fondo del pabellón, detrás de un biombo.

Antes y después de comer, Fiona se sentaba sola en la sala de día con un cuaderno en el regazo y planeaba futuros: sería pianista, veterinaria, periodista, cantante. Hacía organigramas de vidas posibles. Las líneas principales se ramificaban a partir de la universidad, un marido fornido y heroico, niños soñadores, una granja de ovejas, una vida ilustre. Por entonces no había pensado todavía en estudiar Derecho.

El día en que le dieron el alta recorrió el pabellón con el uniforme de estudiante y la cartera colgada del hombro, observada por su madre y despidiéndose con lágrimas y promesas de que mantendrían el contacto. En los decenios siguientes no tuvo percances de salud y sólo pisó un hospital durante las horas de visita. Pero estaba marcada para siempre. Todos los sufrimientos y miedos que veía en su familia y amistades no lograron desalojar una arbitraria asociación de los hospitales con la idea de la bondad, de que en ellos te dispensaban un trato especial y te resguardaban de las peores cosas. De modo que ahora, extemporáneamente, cuando las veintiséis plantas del Hospital General Edith Cavell de Wandsworth surgieron por encima de los robles nimbados de niebla en el extremo más lejano de los céspedes, vivió un momento de grata expectación.

Ella y la asistenta social miraron hacia delante, a través del tartamudeo de los limpiaparabrisas, cuando el taxi se aproximó a un rótulo de neón azul que anunciaba plazas libres para seiscientos quince coches. En una colina herbácea, como en un fuerte elevado de la Edad de Piedra, se alzaba la torre circular de cristal, un diseño japonés cubierto por un revestimiento verde como el del atuendo de los cirujanos, construida con un oneroso préstamo en los tiempos sin preocupaciones del nuevo laborismo. Los pisos más altos traspasaban la baja nube estival.

Cuando caminaban hacia la puerta de entrada, un gato que había salido de debajo de un coche aparcado pasó corriendo por delante de ellas y Marina Greene entabló de nuevo la conversación para hacer una reseña completa de su gato, un intrépido pelicorto inglés que ahuyentaba a todos los perros del vecindario. Fiona sintió afecto por aquella mujer joven y solemne, de pelo rubio rojizo, que vivía en una vivienda municipal con sus tres hijos menores de cinco años y con su marido policía. Su gato no tenía nada que ver en este aprecio. No estaba permitiendo que entre ellas mediase algo perjudicial, sino que su sensibilidad era consciente de la preocupación común que estaban a punto de afrontar.

Fiona se concedió más libertad. Dijo:

–Un gato que defiende su terreno. Espero que se lo haya contado a Adam.

–Sí, se lo he contado –respondió Marina, rápidamente, y guardó silencio.

Entraron en un atrio de cristal tan alto como todo el edificio. Maduros árboles autóctonos, bastante desnutridos, emergían optimistas desde la explanada, de entre las alegres sillas y mesas de franquicias rivales de café y bocadillos. Más arriba, y después aún más arriba, otros árboles arrancaban desde plataformas de cemento insertadas en voladizo en las paredes curvas. Las plantas más alejadas eran arbustos que se perfilaban contra el tejado de cristal, a noventa metros de altura. Las dos mujeres atravesaron el parquet de color claro y rebasaron un centro de información y una exposición de arte de niños enfermos. El largo ascenso por una escalera mecánica las llevó a una entreplanta donde había una librería, una floristería, un quiosco de prensa, una tienda de regalos y un centro de negocios situados alrededor de una fuente. Música New Age, etérea y no modulada, se mezclaba con el tintineo del agua. El modelo era, por supuesto, el moderno aeropuerto. Con destinos cambiados. En aquel nivel había pocos signos de enfermedad, ningún equipamiento médico. Los pacientes estaban bien entremezclados con los visitantes y el personal. Aquí y allí había personas en bata con aire desenfadado. Fiona y Marina siguieron letreros escritos con rotulación de autopista. *Oncología pediátrica, Medicina nuclear, Flebotomía.* Doblaron hacia un pasillo ancho y brillante que las condujo a un rellano de ascensores y subieron en silencio a la novena planta, donde otro pasillo idéntico las encaminó, después de doblar tres veces a la izquierda, hacia Cuidados Intensivos. Sobrepasaron un mural vistoso de unos monos cantando en una selva. Ahora, finalmente, el aire estancado olía a hospital, a comida cocinada y retirada hacía mucho, a antisépticos y, con intensidad más tenue, a algo dulce. Ni fruta ni flores.

El puesto de enfermeras daba en actitud protectora a un semicírculo de puertas cerradas, todas ellas con una ventana de observación. El silencio, sólo interrumpido por el zumbido eléctrico, y la ausencia de luz natural conferían al lugar un aire de madrugada. Las dos enfermeras jóvenes que había en el mostrador, una filipina, supo Fiona más tarde, y la otra caribeña, saludaron a Marina con una exclamación y entrechocaron con ella las palmas. De repente la asistenta social se transformó en otra persona, en una animada mujer negra de piel blanca. Se volvió en redondo para presentarles a la jueza diciendo que era una mujer «de muy arriba». Fiona les tendió la mano. No podría haber ejecutado el choque de palmas sin sentir una cohibición abrumadora, y pareció que ellas lo comprendían. Le estrecharon la mano cordialmente. En una rápida conversación en el mostrador quedó convenido que Fiona se quedara fuera mientras Marina entraba a explicarle la situación a Adam.

Cuando la asistenta franqueó una de las puertas más lejanas, Fiona se dirigió a las enfermeras y les preguntó por su joven paciente.

—Está aprendiendo a tocar el violín —dijo la filipina—. ¡Y nos vuelve locas!

Su amiga se golpeó el muslo, teatralmente.

—Parece que esté estrangulando a un pavo ahí dentro.

Las jóvenes se miraron y se echaron a reír pero en voz baja, por consideración a sus pacientes. Estaba claro que el chiste era viejo y de doble sentido. Fiona esperó. Se sentía a gusto, pero sabía que no iba a durar. Finalmente dijo:

—¿Qué hay de la transfusión?

El buen humor se desvaneció. La enfermera caribeña dijo:

—Rezo por él todos los días. Le digo a Adam: «Dios no

necesita que hagas esto, cariño. Te quiere de todos modos. Dios quiere que *vivas*.»

Su amiga dijo tristemente:

–Lo tiene decidido. No hay más remedio que admirarle. Porque vive de acuerdo con sus principios.

–¡Porque muere, querrás decir! No sabe nada. Es un cachorrito confuso.

–¿Qué responde cuando le dice que Dios quiere que viva? –preguntó Fiona.

–Nada. Como si pensara: ¿por qué voy a hacerte caso a *ti*?

En aquel momento Marina abrió la puerta, levantó una mano y volvió a entrar en la habitación.

–Bueno, gracias –dijo Fiona.

La enfermera filipina se apresuró hacia otra puerta para atender a la llamada de un timbre.

–Entre, señora –dijo su amiga–, y por favor, hágale entrar en *razón*. Es un chico encantador.

Si el recuerdo de Fiona de cuando entró en la habitación de Adam Henry era borroso, fue debido a que la desorientaron los contrastes. Había muchas cosas en que fijar la atención. El cuarto estaba en semipenumbra, salvo por la luz brillante enfocada alrededor de la cama. En un rincón, Marina se estaba acomodando en una silla con una revista cuyos textos no podía leer en aquella oscuridad. La máquina que supervisaba las constantes vitales en torno a la cama, los altos soportes, las líneas de los gráficos y las pantallas encendidas emanaban una presencia vigilante, casi un silencio. Pero no había silencio, porque el chico ya le estaba hablando cuando ella entró, el momento se estaba desarrollando, o eclosionando, sin ella y eso la dejó relegada, aturdida. Adam estaba incorporado en la cama, recostado en almohadas contra un respaldo metálico, iluminado por un solo foco en una producción teatral. Desparramados a su alrededor sobre las sábanas y extendiéndose hasta las sombras había libros, folletos, un arco de violín, un ordenador portátil, auriculares, peladuras de naranja, envoltorios de caramelos, una caja de pañuelos de papel, un calcetín, un cuaderno y muchas páginas con reglones llenos de escritos. El normal desbarajuste adolescente, que ella conocía por las visitas de familiares.

El chico tenía una cara larga y flaca, macabramente pálida, pero hermosa, con medias lunas de moretones violáceos, que delicadamente se desvanecían hacia el blanco por debajo de los ojos, y unos labios llenos que a la luz intensa también se veían algo morados. Los ojos, enormes, parecían de una tonalidad violeta. Tenía una peca en lo alto de una mejilla, de un aspecto tan artificial como un lunar pintado. Era de constitución frágil, los brazos le sobresalían como palos de la bata hospitalaria. Hablaba jadeando, con seriedad, y en aquellos primeros segundos Fiona no entendió nada de lo que decía. Luego, cuando la puerta giró hasta cerrarse tras ella con un suspiro neumático, captó que le estaba diciendo que era muy extraño, que había sabido en todo momento que ella le visitaría, que creía tener ese don, esa intuición del futuro, que había leído en los estudios religiosos de la escuela un poema que decía que el futuro, el presente y el pasado eran todo uno, y esto también lo decía la Biblia. Su profesor de química decía que la relatividad demostraba que el tiempo era una ilusión. Y si Dios, la poesía y la ciencia decían lo mismo, tenía que ser verdad, ¿no le parecía a ella?

Se recostó en las almohadas para recuperar el resuello. Fiona había permanecido de pie al lado de la cama. Ahora se acercó al lado donde había una silla de plástico y dijo su nombre y le tendió la mano. La de Adam estaba fría y húmeda. Se sentó y aguardó a que él siguiera hablando. Pero él había descansado la cabeza en la almohada y miraba al techo, reponiéndose aún y, comprendió ella, esperando una respuesta. Fiona se percató del silbido de una de las máquinas a su espalda, así como de un pitido sordo y rápido en el umbral auditivo, al menos en el suyo. El monitor del corazón, atenuado para no molestar al enfermo, delataba su excitación.

Ella se inclinó hacia delante y le dijo que pensaba que tenía razón. En su experiencia judicial, si diferentes testigos que nunca habían hablado entre ellos decían lo mismo sobre un suceso, era más probable que fuese cierto. Después añadió:

–Pero no siempre. Puede haber engaños colectivos. Personas que no se conocen pueden tener la misma idea falsa. Lo cual, desde luego, sucede en los tribunales.

–¿Cuándo, por ejemplo?

Estaba todavía recobrando el aliento, y hasta estas tres palabras le costaron un esfuerzo. Seguía con los ojos clavados en el techo, sin mirar a Fiona, mientras ella buscaba un ejemplo.

–Hace unos años, en este país, las autoridades separaron de sus padres a unos niños y procesaron a los padres por lo que consideraron malos tratos satánicos, por hacer cosas horribles a sus hijos en rituales secretos de adoración al diablo. Todo el mundo arremetió contra los padres. La policía, los asistentes sociales, los fiscales, los periódicos, incluso los jueces. Pero resultó que no había sucedido nada. No hubo rituales secretos, ni Satanás ni malos tratos. No había ocurrido nada. Era una fantasía. Todos aquellos expertos y personas importantes sufrían una alucinación, un sueño. Al final todos recuperaron el juicio y estaban muy avergonzados, o deberían haberlo estado. Y muy poco a poco devolvieron a los niños a sus casas.

Fiona hablaba como si ella misma estuviera soñando. Se sentía gratamente serena, a pesar de que suponía que Marina, que escuchaba la conversación, estaría desconcertada por sus comentarios. ¿Qué hacía la jueza hablándole al chico de maltrato infantil, pocos minutos después de conocerle? ¿Pretendía insinuarle que la religión, su religión, era un engaño colectivo? Marina se había esperado, al cabo de un rato de charla amistosa, un comentario inicial expresivo, del estilo de «Estoy segura de que sabes por qué he venido». Fiona, en cambio, asociaba libremente ideas, como si departiera con un colega, sobre un olvidado escándalo institucional de los años ochenta. Pero no le preocupaba realmente lo que pensara Marina. Haría la entrevista a su manera.

Adam yacía inmóvil, asimilando lo que ella había dicho. Al final volvió la cabeza en la almohada y sus ojos encontraron los de Fiona. Ella ya había jugado lo suficiente la carta de la seriedad y estaba resuelta a no apartar la mirada. Adam había controlado más o menos la respiración y su expresión era oscura y solemne, indescifrable. No le importaba, porque se sentía más tranquila que a lo largo de toda la jornada. No era mucho decir. Si no tranquila, al menos serena. La presión de una sala que aguarda, la necesidad de una decisión rápida, la prognosis urgente del especialista quedaban temporalmente en suspenso en la penumbra del aire asfixiante mientras miraba al chico y esperaba a que hablase. Había hecho bien en visitarle.

Sostenerle la mirada durante medio minuto o más habría sido inoportuno, pero tuvo tiempo de imaginar, condensando el pensamiento, lo que él veía en la silla a su lado, a otro adulto con su criterio propio, un adulto aún más minimizado por la intrascendencia especial que envuelve a una mujer de edad.

Adam miró a otra parte justo antes de decir:

–Lo que pasa con Satanás es que es increíblemente so-fisticado. Pone una idea estúpida, cualquier idea satánica, malos tratos, en la cabeza de la gente y luego deja que la desmientan para que todos piensen que al fin y al cabo no existe y él tenga las manos libres para sus maldades.

Otro rasgo del inicio poco ortodoxo de Fiona: se había metido en el terreno de Adam. Satanás era un personaje activo en la concepción del mundo de los Testigos. Según lo que Fiona había leído en un vistazo al material de los antecedentes, el demonio había bajado a la tierra en octubre de 1914 para preparar los días del fin del mundo y estaba obrando el mal a través de los gobiernos, la Iglesia católica y especialmente las Naciones Unidas, alentándola a que sembrase la concordia entre las naciones justo en el momento en que deberían estar preparándose para el Armagedón.

–¿Tiene libertad para intentar matarte por medio de la leucemia?

Se preguntó si no habría sido demasiado directa, pero Adam poseía la resistencia simulada de un adolescente. No transigía.

–Sí. Cosas así.

–¿Vas a permitírselo?

Él se apoyó en el respaldo para incorporarse y luego se acarició la barbilla pensativamente, parodiando a un catedrático pedante o a un comentarista de la televisión. Se burlaba de ella.

–Bueno, ya que lo pregunta, tengo pensado aplastarle obedeciendo los mandamientos de Dios.

–¿Eso quiere decir que sí?

Él no le respondió, aguardó un momento y dijo:

–¿Ha venido para que cambie de opinión, para meterme en vereda?

–No, en absoluto.

–¡Oh, sí! ¡Ya lo creo!

De pronto se convirtió en un niño travieso y provocador que se abrazaba las rodillas, aunque débilmente, a través de las sábanas y, de nuevo excitado, adoptó una voz sarcástica.

–Por favor, señorita, póngame en el buen camino.

–Te diré por qué estoy aquí, Adam. Quiero asegurarme de que sabes lo que estás haciendo. Algunas personas piensan que eres demasiado joven para tomar una decisión semejante y que te han influido tus padres y los ancianos de tu congregación. Y otras piensan que eres inteligentísimo y capaz y que deberíamos permitir que sigas adelante.

Adam se irguió muy nítido ante ella en la luz cruda, con su pelo oscuro despeinado que se rizaba sobre el cuello de la bata, los grandes ojos oscuros que escrutaban la cara de Fiona a rápidos intervalos inquietos, alerta ante cualquier engaño o una falsa nota. Ella percibió el olor a talco o a jabón de la ropa de cama, y en el aliento de Adam algo tenue y metálico. Su dieta de fármacos.

–Bueno –dijo él, ansioso–. ¿Qué impresión ha sacado hasta ahora? ¿Cómo me encuentra?

No había duda de que jugaba con ella, la atraía de nuevo hacia su terreno, un espacio más agreste, donde podía bailarle alrededor, tentarla para que dijera otra vez algo inadecuado e interesante. Fiona dio en pensar que aquel muchacho intelectualmente precoz estaba simplemente aburrido, que le faltaban estímulos y que al poner en peligro su propia vida había puesto en marcha un drama fascinante de cuyas escenas era el único protagonista, y que había llevado a su cabecera a un desfile de adultos importantes e importunos. De ser así, Adam le gustaba todavía más. Una enfermedad grave no asfixiaba su vitalidad.

Entonces, ¿cómo le encontraba?

–Bastante bien, hasta ahora –dijo ella, consciente de que estaba asumiendo un riesgo–. Da la impresión de que sabes lo que quieres.

–Gracias –dijo él, con un tono de dulzura burlona.

–Pero podría ser sólo una impresión.

–Me gusta causar una buena impresión.

En su estilo, su talante, había un elemento de la estupidez que puede acompañar a una inteligencia aguda. Y era una actitud protectora. Sin duda estaba muy asustado. Era el momento de que la escuchara.

–Y si sabes lo que quieres, no tendrás inconveniente en hablar de cosas prácticas.

–Adelante.

–El hematólogo dice que si te hiciera una transfusión y aumentara tu número de células sanguíneas podría añadir a tu tratamiento dos medicinas muy eficaces y tendrías buenas posibilidades de recuperarte totalmente y bastante rápido.

–Sí.

–Y sin una transfusión podrías morirte. ¿Eres consciente de ello?

–Sí.

–Y hay otra posibilidad. Necesito asegurarme de que la has pensado. No la muerte, Adam, sino una curación parcial. Podrías perder la vista, sufrir lesiones cerebrales, o podrían fallarte los riñones. ¿Le agradaría a Dios que te quedaras ciego o idiota o sometido a diálisis durante el resto de tu vida?

Su pregunta traspasaba la raya, la raya jurídica. Lanzó una ojeada hacia el rincón en penumbra donde estaba sentada Marina. Usaba la revista a modo de soporte de un cuaderno en el que tomaba notas sin ver lo que escribía. No levantó la vista.

Adam miraba a un espacio por encima de la cabeza de Fiona. Se humedeció los labios con un chasquido húmedo de la lengua recubierta de una capa blanca. Ahora hubo malhumor en su tono.

–Si usted no cree en Dios no debería hablar de lo que le gusta o le disgusta.

–No he dicho que no crea. Me gustaría saber si lo has pensado cuidadosamente, que puedes ser un enfermo e incapacitado, mental, físicamente o las dos cosas, durante el resto de tu vida.

–Sería horroroso, horroroso. –Apartó la mirada velozmente, en un intento de ocultar las lágrimas que de pronto habían afluido a sus ojos–. Pero si eso es lo que ocurre tendré que aceptarlo.

Estaba alterado, mantenía la mirada muy alejada de Fiona, avergonzado de que ella viera lo fácil que había sido desinflar su petulancia. Su codo, ligeramente torcido, parecía puntiagudo y frágil. Sin venir a cuento, ella pensó en recetas, pollo asado con mantequilla, estragón y limón, berenjenas al horno con tomates y ajo, patatas ligeramente asadas con aceite de oliva. Llévate a este chico a casa y cébale.

Habían hecho un avance provechoso, alcanzado una nueva etapa y ella se disponía a continuar con sus preguntas cuando la enfermera caribeña entró y mantuvo la puerta abierta de par en par. Fuera, como convocado por su fantasía culinaria, había un joven con una chaqueta de algodón marrón, un poco mayor que Adam, junto a un carrito con recipientes de acero pulido.

–Me puedo llevar tu cena –dijo la enfermera–. Pero sólo durante media hora.

–Si puedes esperar –le dijo Fiona a Adam.

–Puedo.

Fiona se levantó de la silla para permitir que la enfermera realizara su chequeo rutinario del paciente y las pantallas. Ella debió de percatarse del estado emocional de Adam y de la humedad en torno a sus ojos, porque justo antes de marcharse se enjugó la mejilla con la mano y susurró en voz alta:

—Escucha con atención lo que tiene que decirte esta señora.

La interrupción había modificado el estado de ánimo en la habitación. Cuando Fiona volvió a sentarse no hizo la pregunta que se proponía hacer. En cambio, señaló con un gesto las hojas de papel entre el revoltijo que había sobre la cama.

—He oído que escribes poesía.

Había esperado que él rechazase la incitación, juzgándola condescendiente o invasiva, pero pareció aliviado con el cambio de rumbo y ella pensó que su actitud era sincera, completamente indefensa. También observó que cambiaba de humor enseguida.

—Acabo de terminar algo. Se lo leo, si quiere. Es muy cortito. Pero espere un momento.

Se puso de lado para encarar directamente a Fiona. Antes de hablar se humedeció los labios secos. Una vez más, la cremosa lengua blanca. En otro contexto podría haber sido hermosa, una novedad cosmética. Dijo, confiado:

—¿Cómo la llaman en el tribunal? ¿Excelencia?

—Normalmente su señoría.

—¿Su señoría? ¡Eso es fantástico! ¿Puedo llamarla así?

—Llámame Fiona.

—Pero quiero llamarla su señoría. Déjeme, por favor.

—De acuerdo. ¿Y ese poema?

Él se recostó en las almohadas para recuperar el aliento y ella esperó. El acto de extender por fin la mano hacia una hoja de papel cerca de su rodilla provocó un débil acceso de tos. Cuando cesó, su voz era débil y ronca. Fiona no percibió ironía en el modo en que él se dirigió ahora a ella.

—Lo extraño, su señoría, es que sólo empecé a escribir mi mejor poesía cuando caí enfermo. ¿Por qué cree que será?

—Dímelo tú.

Adam se encogió de hombros.

—Me gusta escribir en mitad de la noche. Todo el edificio está en silencio y lo único que se oye es este extraño zumbido profundo. No se oye de día. Escuche.

Escucharon. Fuera quedaban todavía cuatro horas de luz y la hora punta llegaba a su apogeo. Dentro era noche cerrada, pero Fiona no oía ningún zumbido. Estaba llegando a comprender que la cualidad que definía a Adam era la inocencia, una inocencia nueva y excitable, una franqueza infantil que quizá tuviera alguna relación con la atmósfera de clausura de la secta. Había leído que exhortaban a sus miembros a alejar todo lo posible a sus hijos de los extraños. De un modo similar a los judíos ultraortodoxos. Los parientes adolescentes de Fiona, tanto las chicas como los chicos, se habían protegido demasiado pronto con un barniz de rudeza intencionada. Su exagerada frialdad era en cierto modo encantadora, un puente necesario hacia la madurez. El escaso conocimiento que Adam tenía del mundo lo hacía atractivo, pero también vulnerable. Estaba conmovida por su delicadeza, por la intensidad con que miraba fijamente a su hoja de papel, quizá intentando oír de antemano su poema a través de los oídos de Fiona. Ella decidió que probablemente era un chico muy querido en su familia.

Él la miró, tomó aire y empezó.

Satanás blandió su martillo
para hacer de mi alma picadillo.
Largos, lentos sus golpes de herrero
me redujeron a cero.

Pero un paño Satán chapó de oro
que emanaba amor de Dios en cada poro.
Pavimenta el camino una luz dorada
y mi alma está salvada.

Fiona aguardó por si había más versos, pero él posó la hoja, se recostó y miró al techo mientras decía:

–Lo escribí después de que el señor Crosby, uno de los ancianos, me dijera que en el caso de que ocurriese lo peor tendría un efecto fantástico sobre todo el mundo.

–¿Dijo eso? –murmuró Fiona.

–Que llenaría de amor nuestra iglesia. Ella se lo resumió.

–O sea que Satanás viene a golpearte con su martillo y sin quererlo convierte tu alma en una chapa de oro que refleja el amor de Dios a todo el mundo y por eso tú te salvas y no importa tanto que hayas muerto.

–Es exactamente eso, su señoría –casi gritó de emoción el chico. Después tuvo que callarse para recuperar el resuello–. No creo que las enfermeras entendieran el poema, salvo Donna, la que ha entrado hace un momento. El señor Crosby está intentando que lo publiquen en *La Atalaya*.

–Eso sería maravilloso. Puedes tener futuro como poeta. Él captó la ironía y sonrió.

–¿Qué piensan tus padres de tus poesías?

–A mi madre le encantan, mi padre cree que están bien, pero que absorben la fuerza que necesito para mejorar. –Se volvió de nuevo hacia un lado para ver de frente a Fiona–. Pero ¿qué piensa su señoría? Se titula «El martillo».

En su expresión había tanta avidez, tanto anhelo de que ella le aprobara que Fiona titubeó. Después dijo:

–Creo que contiene un soplo, un soplo muy pequeño, ojo, de auténtico genio poético.

Él siguió mirándola, sin cambiar de expresión, ansioso de que dijera algo más. Ella había creído que sabía lo que estaba haciendo, pero justo entonces la mente se le quedó en blanco. No quería desilusionarle y no estaba acostumbrada a hablar de poesía.

–¿Por qué dice eso? –dijo él.

Ella no lo sabía, no inmediatamente. Habría agradecido que Donna volviese a trajinar con las máquinas y a atender a su paciente mientras ella iba a la ventana que no se podía abrir y contemplaba el parque de Wandsworth pensando qué decir. Pero la enfermera tardaría quince minutos en llegar. Fiona confió en que descubriría lo que pensaba si empezaba a hablar. Era como cuando estaba en clase. Entonces casi siempre daba resultado.

–Me ha gustado el molde, la forma, y esos dos versos cortos que contrapesan las cosas, estás destrozado y luego estás salvado, lo segundo prevalece sobre lo primero. Y me han gustado los golpes del herrero...

–Largos y lentos.

–Hum. Largos y lentos es bueno. Y está muy condensado, como los mejores poemas. –Notó que recobraba la confianza–. Supongo que nos dice que de la adversidad, de una experiencia horrible puede venir algo bueno. ¿No es así?

–Sí.

–Y no pienso que haya que creer en Dios para entender este poema o para que te guste.

Él pensó un momento y dijo:

–Yo creo que sí.

–¿Piensas que tienes que sufrir para ser un buen poeta?

–Creo que todos los grandes poetas tienen que sufrir.

–Ya veo.

Fingiendo que se ajustaba la manga destapó su reloj de pulsera y lo consultó con disimulo encima del regazo. Pronto tendría que volver al tribunal para dictar sentencia. Pero él la había visto.

–No se vaya todavía –dijo, en un susurro–. Espere hasta que me traigan la cena.

–Muy bien. Adam, dime, ¿qué piensan tus padres?

–Mi madre lo lleva mejor. Acepta la situación, ¿sabe? La sumisión a Dios. Y es muy práctica, lo organiza todo, habla con los médicos, me ha conseguido esta habitación, más grande que las otras, me ha traído un violín. Pero mi padre se está viniendo abajo. Está acostumbrado a ocuparse de excavadoras y materiales y a hacer que las cosas funcionen.

–¿Y de rechazar una transfusión?

–¿Qué?

–¿Qué te dicen tus padres de eso?

–No hay mucho que decir. Sabemos lo que está bien.

Cuando dijo esto, mirándola directamente a la cara, sin ningún desafío especial en la voz, ella le creyó totalmente, creyó que él y sus padres, la congregación y los ancianos sabían lo que debían hacer. Sintió un mareo desagradable, se sintió vaciada, nada tenía sentido. Se le ocurrió la idea blasfema de que no importaba mucho que el chico viviera o muriera. Todo en gran parte seguiría siendo igual. La profunda tristeza, quizá el pesar amargo, los recuerdos tiernos, y después la vida seguiría su curso y las tres cosas significarían cada vez menos, a medida que los que le amaban iban envejeciendo y muriendo, hasta que ya no representasen nada en absoluto. Las religiones, los sistemas morales, el suyo incluido, eran como cimas de una densa cordillera vistas desde una gran distancia, entre las cuales ninguna destacaba de las otras por ser más alta, más importante o más verdadera. ¿Qué había que juzgar? Sacudió la cabeza para ahuyentar este pensamiento. Se había reservado la pregunta que se disponía a hacer cuando Donna entró en el cuarto. Se sintió mejor en cuanto empezó a formularla.

–Tu padre explicó algunos de los argumentos religiosos, pero quiero oírlo con tus propias palabras. ¿Cuál es el motivo exacto de que te niegues a que te hagan una transfusión?

–Porque está mal.

–Sigue.

–Y Dios nos ha dicho que está mal.

–¿Por qué está mal?

–¿Por qué hay cosas que están mal? Porque lo sabemos. La tortura, el asesinato, mentir, robar. Aunque obtengamos información de los malhechores por medio de la tortura, sabemos que está mal. Lo sabemos porque Dios nos lo ha dicho. Aun cuando...

–¿Una transfusión es lo mismo que una tortura?

Marina se removió en su rincón. A ráfagas entrecortadas, Adam expuso su teoría. Las transfusiones y las torturas sólo eran similares en que las dos estaban mal. Lo sabíamos interiormente. Citó el Levítico y los Hechos de los Apóstoles, habló de la sangre como de la esencia, habló de la palabra literal de Dios, de la contaminación, se expresó como un alumno aventajado, el alumno más brillante en un debate escolar. Le brillaban los ojos negros violáceos cuando le conmovían sus propias palabras. Fiona reconoció en ellas algunas de las que había dicho el padre. Pero Adam las decía como si revelara hechos elementales, como si formulase una doctrina en vez de ser su destinatario.

115

Era un sermón lo que ella estaba oyendo, reproducido fiel y apasionadamente. Adam se erigió en portavoz de su secta cuando dijo que él y su congregación sólo querían que les dejasen vivir en paz de acuerdo con lo que para ellos eran verdades evidentes.

Fiona le escuchaba con atención, sostenía la mirada del chico, asentía a intervalos, y cuando por fin hubo una pausa natural, se levantó y dijo:

–Sólo para que quede claro, Adam. ¿Comprendes que me corresponde a mí sola decidir lo que es mejor para tus intereses? Si sentenciara que el hospital puede realizarte una transfusión legalmente, en contra de tus deseos, ¿qué pensarías?

Él se había incorporado, respiraba con dificultad y pareció flaquear un poco ante esta pregunta, pero sonrió.

–Pensaría que su señoría es una entrometida.

Fue un cambio de registro tan inesperado, tan absurdamente comedido, y la sorpresa de ella fue tan obvia para él que los dos se echaron a reír. Marina, que en aquel momento estaba recogiendo su bolso y su cuaderno, pareció perpleja.

Fiona consultó su reloj, esta vez abiertamente. Dijo:

–Creo que has dejado bien claro que sabes lo que quieres, tan bien como cualquiera de nosotros.

Él dijo, con la debida solemnidad:

–Gracias. Se lo diré a mis padres esta noche. Pero no se vaya. Todavía no me han traído la cena. ¿Le leo otro poema?

–Adam, tengo que volver al juzgado –dijo ella. Pero se esforzó en desviar la conversación del estado del chico. Vio el arco que descansaba encima de la cama, parcialmente en la sombra–. Deprisa, antes de que me vaya, enséñame el violín.

El estuche estaba en el suelo, debajo de la cama, junto a una taquilla. Fiona lo recogió y se lo puso encima de las rodillas.

–Es sólo un violín de aprendizaje, para principiantes –dijo él, pero lo sacó del estuche con sumo cuidado, se lo mostró y los dos admiraron la sinuosidad de la madera, de un color castaño ribeteado de negro, y las delicadas curvas de la tapa.

Fiona puso la mano en la superficie lacada y acercó a la suya la de Adam. Dijo:

–Son instrumentos preciosos. Siempre pienso que en su forma hay algo muy humano.

Él extendió la mano hacia la taquilla para coger el método de violín para principiantes. Ella no había tenido intención de pedirle que tocara, pero no pudo frenarle. Su enfermedad, su afán inocente le hacían inexpugnable.

–Llevo cuatro semanas exactas aprendiendo y sé tocar diez canciones.

Esta jactancia también impedía disuadirle. Pasaba páginas impacientemente. Fiona miró hacia Marina y se encogió de hombros.

–Pero ésta es la más difícil. Dos sostenidos. En re mayor.

Fiona miraba la partitura en posición invertida.

–Podría ser sólo en si menor.

Él no la oyó. Se estaba ya incorporando, con el violín encajado debajo de la barbilla, y sin hacer una pausa para afinar las cuerdas empezó a tocar. Ella conocía bien aquella melodía triste y hermosa, un aire tradicional irlandés. Había acompañado a Mark Berner en la versión que Benjamin Britten había hecho del poema de Yeats «Down by the Salley Gardens». Era uno de sus bises. Adam lo tocó chirriando, sin vibrato, por supuesto, pero el tono de las notas era el correcto, aunque se equivocó en dos o tres. La melancólica canción y la manera en que la tocó, tan optimista, tan tosca, expresaba todo lo que ella comenzaba a comprender del chico. Se sabía de memoria las palabras de añoranza del poeta... *Pero yo era joven e insensato...* Escuchar a Adam le produjo tanta emoción como desconcierto. Aprender a tocar el violín, o cualquier otro instrumento, era un acto de esperanza, implicaba un futuro.

Cuando Adam terminó, ella y Marina aplaudieron y él hizo una torpe reverencia desde la cama.

–¡Magnífico!

–¡Fantástico!

–¡Y en sólo cuatro semanas!

Para contener la emoción que la embargaba, Fiona añadió un comentario técnico:

–Recuerda que en este tono el do es sostenido.

–Ah, sí. Hay que pensar en muchas cosas a la vez.

Entonces ella le hizo una propuesta muy alejada de las que habría esperado de sí misma y que entrañaba el riesgo de socavar su autoridad. Quizá la situación, y la habitación misma, aislada del mundo, en penumbra permanente, había propiciado una actitud de abandono, pero sobre todo fue la interpretación de Adam, su aire de entrega esforzada, los sonidos chirriantes e inexpertos que arrancaba, tan expresivos de un anhelo cándido, lo que la conmovió profundamente y la incitó a formular una sugerencia impulsiva.

–Tócala otra vez y te acompaño cantando.

Marina se levantó, frunciendo el ceño, quizá preguntándose si debía intervenir. Adam dijo:

–No sabía que tenía letra.

–Oh, sí, dos estrofas muy bonitas.

Él se llevó el violín a la barbilla, con una solemnidad cautivadora, y alzó la mirada hacia ella. Cuando empezó a

tocar, a Fiona le complació sentir la facilidad con que llegaba a las notas más altas. Siempre había estado secretamente orgullosa de su voz y nunca había tenido muchas ocasiones de lucirla fuera del coro del Gray's Inn, cuando todavía formaba parte del mismo. Esta vez el violinista recordó el do sostenido. En la primera estrofa los dos fueron a tientas, casi como disculpándose, pero en la segunda se cruzaron sus miradas y, olvidando por completo a Marina, que ahora estaba de pie junto a la puerta, Fiona elevó la voz y el desmañado arqueo de Adam se volvió más osado, y acometieron el acento afligido del lamento que vuelve la vista atrás.

Estábamos junto al río mi amor y yo en un campo,
y en mi hombro inclinado ella posó su mano de nieve.
Me pidió que tomara la vida con calma,
tal como la hierba crece en las riberas;
pero yo era joven e insensato y ahora soy todo llanto.

Cuando acabaron, el mozo de la chaqueta marrón estaba empujando el carro dentro de la habitación y las tapas de los platos de acero pulido producían un tintineo alegre. Marina se había ido al puesto de las enfermeras. Adam dijo:

—«En mi hombro inclinado» es bonito, ¿verdad? Vamos a tocarlo otra vez.

Fiona movió la cabeza mientras le quitaba el instrumento y lo guardaba en su estuche.

—«Me pidió que tomara la vida con calma» —le citó.

—Quédese sólo un poquito. Por favor.

—Adam, de verdad tengo que irme ya.

—Entonces deme su email.

—Señora Jueza Maye, Reales Tribunales de Justicia, el Strand. Me llegarán.

119

Descansó la mano brevemente en la muñeca estrecha y fría de Adam y después, como no quería oír ninguna otra protesta o súplica, se dirigió a la puerta sin mirar atrás y desoyó la pregunta que él hizo débilmente tras ella.

–¿Volverá?

El viaje de regreso al centro de Londres fue más rápido, y durante el trayecto las dos mujeres no hablaron. Mientras Marina hacía una larga llamada a su marido y sus hijos, Fiona escribió unas notas sobre la sentencia. Entró en los juzgados por la puerta principal y fue inmediatamente a su despacho, donde Nigel Pauling la esperaba. Le confirmó que todo estaba dispuesto para que el Tribunal de Apelación se reuniera al día siguiente, si era necesario con un preaviso de una hora. Además, esta noche la audiencia había sido trasladada a una sala lo suficientemente grande para acoger a toda la prensa.

Cuando Fiona entró y el público se levantó en la sala, acababan de dar las nueve y cuarto. Mientras la gente se instalaba detectó impaciencia entre los periodistas. No era una hora conveniente para los periódicos. A lo sumo, si la jueza era sucinta, el artículo podría entrar en las últimas ediciones. Inmediatamente delante de ella, los diversos representantes legales y Marina Greene se habían colocado como antes, dentro de un espacio más amplio, pero el señor Henry se encontraba solo detrás de su abogado, sin su mujer.

En cuanto se sentó, Fiona dio comienzo a sus comentarios introductorios habituales.

–Una autoridad del hospital solicita urgentemente el permiso del tribunal para tratar a un adolescente, A, en contra de su voluntad, con procedimientos convenciona-

120

les que se consideran médicamente adecuados, lo que en este caso incluye transfusiones de sangre. Solicita para esta ayuda de emergencia una orden específica del Tribunal de Familia. La solicitud, cursada hace cuarenta y ocho horas, era unilateral. Como juez de turno, la acepté, sujeto a sus garantías. Acabo de regresar de una visita a A en el hospital, acompañada por la funcionaria de la Cafcass, la señora Marina Greene. He estado con el paciente una hora. Es fácil ver que su estado es sumamente grave. Sin embargo, su intelecto no se encuentra afectado en absoluto y ha podido expresarme sus deseos con una gran claridad. El especialista a cargo ha declarado ante este tribunal que para mañana el estado de A pasará a ser una cuestión de vida o muerte, motivo por el cual dicto sentencia a esta hora tan tardía de la noche de un martes.

Fiona nombró y agradeció a los diversos defensores, a sus ayudantes, a Marina Greene y al hospital por ayudarla a tomar una decisión en un caso difícil que debía ser resuelto con premura.

–Los padres se oponen a la solicitud por causa de su fe religiosa, serenamente expresada y profundamente sentida. Su hijo, que también se opone, posee un buen conocimiento de los principios religiosos y muestra para su edad una madurez considerable y una notable facultad de palabra.

Acto seguido se refirió a la historia clínica, la leucemia, el tratamiento reconocido que en general daba buenos resultados. Pero dos de los medicamentos convencionales administrados causaban anemia, por lo que había que contrarrestarlos mediante una transfusión sanguínea. Resumió la evidencia aportada por el hematólogo, destacando en particular la disminución de la hemoglobina y el funesto pronóstico si no se detenía este proceso. Ella podía confirmar personalmente que las dificultades respiratorias de A eran ya perceptibles.

La oposición a la solicitud se fundaba en tres argumentos principales. Que a A le faltaban tres meses para cumplir dieciocho años, que era muy inteligente y comprendía las consecuencias de su decisión, y que había que reconocer que poseía la competencia Gillick. En otras palabras, que sus decisiones valían tanto como las de un adulto. Segundo, que negarse a recibir un tratamiento médico era un derecho humano fundamental y un tribunal, por consiguiente, debería ser reacio a intervenir. Y en tercer lugar, que la fe religiosa de A era genuina y debía respetarse.

Fiona se dirigió por turno a las personas siguientes. Agradeció al abogado de los padres de A que le hubiese recordado la pertinente sección 8 de la Ley Modificada de Familia de 1969: el consentimiento de un menor de dieciséis años a un tratamiento «será tan efectivo como lo sería si hubiera llegado a la mayoría de edad». Expuso las condiciones de la competencia Gillick y al hacerlo citó a Scarman. Admitió que había una diferencia entre un menor competente de dieciséis años que accede a someterse a un tratamiento, posiblemente en contra de la voluntad de sus padres, y un menor de dieciocho años que rechaza un tratamiento que le salvará la vida. De lo colegido aquella noche, ¿pensaba ella que A comprendía plenamente las implicaciones de que se respetaran sus deseos y los de sus padres?

–Se trata sin ninguna duda de un chico excepcional. Hasta diría, como ha dicho esta noche una de las enfermeras, que es un chico encantador, y estoy segura de que sus padres estarían de acuerdo. Posee una sagacidad extraordinaria para un chico de diecisiete años. Pero creo

122

que no se hace idea de la terrible experiencia que le aguardaría, del miedo que le abrumaría a medida que aumentasen el sufrimiento y la impotencia. De hecho, tiene una concepción romántica del sufrimiento. No obstante... –Dejó en suspenso estas dos palabras y en la sala se ahondó el silencio mientras ella consultaba sus notas–. No obstante, en última instancia no me influye la duda de si tiene o no una comprensión plena de su situación. Me guía, por el contrario, la decisión del juez Ward, cosa que él era entonces, en el caso de E (un menor), una sentencia también relativa a un testigo de Jehová adolescente. En un pasaje de la misma señala: «El bienestar del menor, por ende, prevalece en mi decisión, y debo sentenciar lo que dicta el bienestar de E.» Esta observación se plasmó en el claro mandamiento judicial de la Ley del Menor de 1989, que establece en sus líneas iniciales la primacía del bienestar del menor. Entiendo que «bienestar» engloba tanto el «estado de salud» como los «intereses». Asimismo estoy obligada a tener en cuenta la voluntad de A. Como ya he dicho, me la ha expresado claramente, al igual que hizo su padre en este tribunal. De conformidad con las doctrinas de su religión, derivadas de una interpretación particular de tres pasajes de la Biblia, A rechaza la transfusión de sangre que probablemente le salvará la vida.

»Es un derecho fundamental de los adultos rechazar un tratamiento médico. Medicar a un adulto contra su voluntad es cometer un delito de agresión. A se acerca a la edad en que podrá tomar la decisión él mismo. Que esté dispuesto a morir por sus convicciones religiosas demuestra lo profundas que son. Que sus padres estén dispuestos a sacrificar a un hijo muy querido revela la fuerza del credo que profesan los testigos de Jehová. –Se interrumpió de nuevo y el público aguardó–. Es precisamente esta fuerza lo que me da que pensar, porque A, a los diecisiete años, ha conocido poco más que el turbulento terreno de las ideas religiosas y filosóficas. No forma parte de los métodos de esta secta cristiana fomentar los debates abiertos ni la disidencia entre la congregación en general, a la que aluden acertadamente, dirían algunos, como "las otras ovejas". No creo que las ideas de A, sus opiniones, sean totalmente suyas. Su infancia ha sido una exposición ininterrumpida y monocroma a una categórica visión del mundo, y es inevitable que esta imagen lo haya condicionado. No contribuirá a su bienestar sufrir una muerte atroz e innecesaria y convertirse de este modo en un mártir de su fe. Los testigos de Jehová, al igual que otras religiones, tienen un claro concepto de lo que nos aguarda después de la muerte, y sus predicciones sobre los últimos días, su escatología, son asimismo firmes y muy detalladas. Este tribunal no adopta un criterio sobre la vida de ultratumba, que en cualquier caso A descubrirá o no por sí mismo algún día. Entretanto, en el supuesto de que se recupere bien, el bienestar se lo procurarán más bien su amor a la poesía, su recién adquirida pasión por el violín, el ejercicio de su aguda inteligencia y las manifestaciones de un carácter jovial y afectuoso, y toda la vida y el amor que tiene por delante. En suma, estimo que A, sus padres y los ancianos de la Iglesia han tomado una decisión hostil al bienestar de A, que es la consideración primordial de este tribunal. Tiene que ser protegido de una decisión así. Tiene que ser protegido de su religión y de sí mismo.

»No ha sido fácil resolver este asunto. He tenido muy presente la edad de A, el respeto que debemos a su fe y la dignidad del individuo que reclama su derecho a rechazar un tratamiento. A mi juicio, su vida es más preciosa que su dignidad.

»En consecuencia, invalido los deseos de A y de sus padres. Mis instrucciones y mi declaración son las siguientes: que se prescinda del consentimiento a una transfusión de sangre del primer y el segundo demandados, que son los padres, y del consentimiento a la transfusión del tercer demandado, que es el propio A. Por consiguiente, será legítimo que el hospital demandante lleve a cabo los tratamientos médicos de A que considere necesarios, en el entendimiento de que esto pueda entrañar la administración de sangre y de productos sanguíneos mediante transfusión.

Eran casi las once de la noche cuando Fiona emprendió el camino a casa desde los juzgados. A aquella hora las verjas estaban cerradas y no se podía cruzar Lincoln's Inn. Antes de llegar a Chancery Lane recorrió un corto trecho de Fleet Street hasta una tienda abierta toda la noche para comprar comida preparada. La noche anterior habría sido un trámite deprimente, pero ahora le tenía casi sin cuidado, quizá porque llevaba dos días sin comer como debía. En la tienda atiborrada y excesivamente iluminada, los paquetes chillones de comestibles, los colores explosivos rojo y púrpura y los amarillos de caramelo palpitaban en las estanterías al mismo ritmo que el pulso de Fiona. Compró un pastel de pescado congelado y sopesó diversas frutas en la mano antes de decidirse. En la caja se hizo un lío con el dinero y se le cayeron unas monedas al suelo. El ágil muchacho asiático que trabajaba de cajero las atrapó limpiamente con el pie y le dedicó una sonrisa protectora cuando ella le depositó el dinero en la palma. Se imaginó a sí misma vista por el chico, que observaba su aspecto exhausto, sin prestar atención o incapaz de apreciar el corte a medida de la chaqueta de Fiona, y se vio claramente a sí mis-

125

ma como una de aquellas viejecitas inofensivas que vivían y comían solas y que ya no se valían totalmente por sí mismas en la calle a tan altas noches de la noche. Iba tarareando «The Salley Gardens» a lo largo de High Holborn. La fruta y el compacto y duro empaquetado de la cena que oscilaba en la bolsa de plástico contra su pierna eran un consuelo. Calentaría el pastel de pescado en el microondas mientras se preparaba para acostarse, cenaría en bata viendo una cadena que sólo emitía noticias y después nada se interpondría entre ella y el sueño. Sin ayuda química. Al día siguiente habría un divorcio de campanillas, el de un guitarrista famoso y su mujer cuasi famosa, una cantante ligera con un abogado excelente que reclamaba un buen pellizco de los veintisiete millones del marido. Pan comido comparado con lo de hoy, pero el interés de la prensa sería igual de intenso, la ley igual de solemne.

Dobló hacia Gray's Inn, su santuario familiar. Cuando se adentraba allí siempre le agradaba percibir cómo se aplacaba el estruendo del tráfico urbano. Una comunidad privada de carácter histórico, una fortaleza de letrados y jueces que también eran músicos, amantes del vino, aspirantes a escritores, pescadores con mosca y narradores de historias. Un nido de hablillas y de expertos, y un jardín delicioso todavía habitado por el espíritu razonable de Francis Bacon. Adoraba aquel lugar y nunca quiso marcharse.

Entró en su edificio, advirtió que estaba encendido el temporizador de las luces, subió hacia el segundo piso, oyó el habitual crujido irregular en el cuarto y el séptimo peldaño y en el último tramo hasta su rellano lo vio todo y comprendió en el acto. Allí estaba su marido, poniéndose de pie en aquel momento con un libro en la mano, y detrás de él su maleta, apoyada en la pared, que le había servido de asiento, y su chaqueta estaba en el suelo, al lado de su portafolios, que estaba abierto y del que asomaban unos papeles. Sin poder entrar, trabajando mientras esperaba. ¿Y por qué no? Parecía entumecido e irritado. Sin poder entrar en casa y aguardando un largo rato. Era evidente que no había ido a buscar camisas nuevas y libros, porque allí estaba la maleta. El pensamiento inmediato de Fiona, sombrío y egoísta, fue que ahora tendría que compartir la cena para una sola persona. Y después pensó que no lo haría. Prefería no comer.

Subió los últimos escalones hasta el descansillo, sin decir nada mientras sacaba del bolso las llaves, las llaves nuevas, sorteó a Jack al pasar y se dirigió a la puerta. A él le correspondía hablar primero.

Su tono fue quejumbroso.

—Te he estado llamando toda la tarde.

Ella abrió la puerta, entró sin mirar atrás y fue a la cocina, depositó su carga en la mesa e hizo un alto. El corazón le latía demasiado deprisa. Oyó la respiración malhumorada de Jack mientras entraba con el equipaje. Si había un enfrentamiento, cosa que ella no deseaba, no ahora, la cocina era un espacio demasiado reducido. Fiona cogió su maletín, entró rápidamente en la sala y se dirigió a su lugar de costumbre en el diván. Esparcir unos papeles alrededor de donde se sentaba era una forma de protegerse. Sin ellos no habría sabido qué hacer consigo misma.

El estruendo que causaba Jack remolcando su maleta por el recibidor hacia el dormitorio le pareció un movimiento inaugural. Y un insulto. La fuerza de la costumbre la impulsó a descalzarse, y luego cogió un documento al azar. El guitarrista tenía una villa bellamente amueblada en Marbella. La cantante la quería para ella. Pero el marido la había comprado antes del matrimonio, se la había cedido su mujer anterior a cambio de que él desalojara el domicilio conyugal en el centro de Londres. Y la primera esposa había adquirido la propiedad gracias a un acuerdo de divorcio con su primer marido. Lo cual no viene al caso, no pudo por menos de dictaminar Fiona.

El crujido de una tabla le hizo levantar la vista. Jack se detuvo en la entrada antes de encaminarse hacia las bebidas. Llevaba vaqueros y una camisa blanca desabrochada hasta el pecho. ¿Se figuraba que era deseable? Fiona advirtió que no se había afeitado. Incluso desde el otro extremo de la sala, los pelos se veían blancos y grises. Patéticos, los dos eran patéticos. Él se sirvió un whisky escocés y alzó la botella en dirección a Fiona. Ella negó con la cabeza. Él se encogió de hombros y cruzó la habitación hasta su butaca. Era una aguafiestas, no tenía sentido de la oportunidad. Se sentó con un suspiro hogareño. Su butaca, el diván de ella: vida marital de nuevo. Fiona miró al papel que tenía en la mano, el relato de la esposa sobre el mundo apetecible del marido guitarrista, imposible concentrarse. Hubo un silencio mientras Jack bebía y ella miraba hacia delante, a nada en especial.

Entonces él dijo:

—Escucha, Fiona, te quiero.

Al cabo de unos segundos ella dijo:

—Prefiero que duermas en la habitación de invitados.

Él bajó la cabeza, asintiendo.

—Llevaré mi maleta.

No se levantó. Los dos conocían la vitalidad de lo que no se dice y cuyos espíritus invisibles bailaban ahora alrededor de ellos. Ella no le había dicho que no entrara en casa, tácitamente había aceptado que durmiera allí. Él no le había dicho todavía si su amante estadística le había puesto de patitas en la calle o si él había cambiado de opi-

128

nión o vivido una experiencia de éxtasis suficiente como para acompañarlo hasta la tumba. No habían mencionado el cambio de cerradura. Él probablemente abrigaba suspicacias a causa de la hora en que Fiona había vuelto a casa. Ella apenas soportaba verle. Lo que hacía falta ahora era una pelea, una riña en varios capítulos que se extenderían a lo largo del tiempo. Podría haber algunas digresiones rencorosas, Jack quizá expresara su contrición entre quejas, podrían pasar meses antes de que ella le admitiera en la cama, el espectro de la otra mujer quizá se interpusiera entre ellos para siempre. Pero era probable que encontraran un modo de retornar, más o menos, al punto de partida.

La fatigó aún más considerar el gran esfuerzo implícito, el carácter previsible del proceso. Y sin embargo no le quedaba más remedio que hacerlo. Como si tuviese que firmar un contrato para escribir un aburrido y necesario manual jurídico. Pensó que al fin y al cabo le apetecía un trago, pero tomarlo se habría asemejado demasiado a una celebración. La reconciliación quedaba muy lejos. Ante todo, le resultaba insoportable oírle decir de nuevo que la amaba. Quería acostarse sola, de espaldas en la oscuridad, mordisqueando una fruta, dejando que los restos cayeran al suelo y después perder el conocimiento. ¿Qué iba a impedírselo? Se levantó y empezó a recoger sus papeles, y fue entonces cuando él comenzó a hablar.

Fue un torrente compuesto en parte de disculpas, en parte de justificaciones, algunas de las cuales ella ya había oído antes. Su mortalidad, sus años de fidelidad absoluta, su agobiante curiosidad por cómo sería aquello, y casi tan pronto como se marchó aquella noche, tan pronto como llegó a casa de Melanie, comprendió su error. Ella era una extraña, no la comprendía. Y cuando fueron a su dormitorio...

129

Fiona alzó una mano en señal de advertencia. No quería saber nada del dormitorio. Él se calló, reflexionó y prosiguió. Había comprendido que era un imbécil al dejarse arrastrar por una necesidad sexual, y que debería haberse dado media vuelta la noche en que ella le abrió la puerta para que se marchara, pero estaba avergonzado y pensó que no tenía más alternativa que seguir adelante.

Apretando su maletín contra el estómago, Fiona se quedó plantada en el centro de la habitación, mirándole, sin saber cómo pararle. La asombraba que incluso ahora, en la primera escena del gran drama matrimonial, la canción irlandesa continuara dando vueltas en su mente, acelerándose al ritmo de las palabras de Jack, y a la vez mecánica y festiva, como si brotara de la manivela de un organillero ambulante. La invadía un remolino sentimental, enturbiado por la fatiga y difícil de definir mientras su marido lanzaba su discurso quejumbroso. Sentía algo que no era del todo cólera o un rencor amargo, y que sin embargo era algo más que la mera resignación.

Sí, dijo Jack, en cuanto llegó al apartamento de Melanie se creyó estúpidamente obligado a proseguir lo que había empezado.

—Y cuanto más atrapado me sentía, más me daba cuenta de lo idiota que era por haber puesto en peligro todo lo que tenemos, todo lo que hemos hecho juntos, este amor que...

—He tenido un día muy largo —dijo ella, cruzando la sala—. Dejaré tu maleta en el pasillo.

Pasó por la cocina para coger una manzana y un plátano de la bolsa de la compra encima de la mesa. Con las frutas en la mano, camino del dormitorio, recobró la relativa satisfacción de su trayecto de regreso a casa. Había entrevisto atisbos de cierta calma. Era difícil recuperarla ahora. Empujó la puerta y vio la maleta de ruedas, vertical y recatada, al lado de la cama. Entonces descubrió con claridad lo que pensaba del regreso de Jack. Algo tan simple. Estaba decepcionada de que él no se hubiera quedado donde estaba. Un poquito más de tiempo. Nada más que eso. Decepcionada.

4

Tenía la impresión, aunque los hechos no lo confirmaron, de que a finales del verano de 2012 las rupturas y los sinsabores de matrimonios y parejas crecieron en Gran Bretaña como una monstruosa marea de primavera que barrió hogares enteros, dispersó posesiones y sueños optimistas y ahogó a los que no tenían un poderoso instinto de supervivencia. Promesas de amor fueron desmentidas o reescritas, compañeros antaño benévolos se convirtieron en taimados contendientes que se agazapaban detrás de un abogado, sin reparar en gastos. Objetos domésticos en otro tiempo menospreciados fueron disputados acerbamente, una confianza antes natural fue sustituida por «arreglos» meticulosamente redactados. En la mente de los protagonistas, la historia del matrimonio fue escrita de nuevo como un estado que siempre había sido un fracaso y el amor pasó a ser un espejismo. ¿Y los hijos? Naipes de un juego, fichas de negociación utilizadas por las madres, sujetos de negligencia económica o emocional por parte de los padres; el pretexto para acusaciones de malos tratos reales, imaginados o cínicamente inventados, normalmente por las madres, en ocasiones por los padres; niños aturdidos que iban y venían cada semana de una casa a otra en virtud de acuerdos entre progenitores, abrigos olvidados en algún sitio o plumieres estentóreamente esgrimidos por un abogado a otro; niños condenados a ver a sus padres una o dos veces al mes; o nunca, ya que los hombres más resueltos desaparecían en la forja de un matrimonio cálido y nuevo para engendrar una nueva prole.

¿Y el dinero? Ahora las monedas acuñadas eran verdaderas a medias y a medias puras argucias. Maridos rapaces contra mujeres codiciosas que maniobraban ambos como países al final de una guerra, llevándose de las ruinas los despojos que podían antes de la retirada definitiva. Hombres que ocultaban sus ingresos en cuentas del extranjero; mujeres que reclamaban una vida tranquila para siempre. Madres que impedían a sus hijos que vieran a su padre, a pesar de las órdenes judiciales; maridos que pegaban a su mujer y a sus hijos, esposas que mentían, rencorosas, un cónyuge o el otro, o los dos, borrachos, o drogadictos, o psicóticos; y otra vez niños, forzados a cuidar de padres incompetentes, niños que habían sufrido auténticos abusos, sexuales, mentales o ambos, y cuyo testimonio se transmitía en la pantalla al tribunal. Y más allá del alcance de Fiona, en casos reservados que trascendían a los tribunales de familia y se juzgaban en las vistas penales, niños torturados, o que morían de inanición, o apaleados hasta la muerte, o de los que expulsaban los malos espíritus en el curso de ritos animistas, padrastros jóvenes y monstruosos que les rompían los huesos a bebés que aún caminaban a gatas en presencia de madres dóciles y de cortas luces, y drogas, alcohol, hogares sumidos en una pobreza extrema, vecinos indiferentes que hacían oídos sordos a los gritos, y asistentes sociales negligentes o agobiados que no intervenían.

El trabajo del departamento de Familia proseguía. Era

fortuito que tantos conflictos matrimoniales de las listas le llegasen a Fiona. Y una pura coincidencia que ella también tuviese el suyo. No era frecuente en esta sección encarcelar a gente, pero aun así en sus momentos de asueto pensaba que podía meter presos a todos los casados que querían, a expensas de sus hijos, una mujer más joven, un marido más rico o menos aburrido, un barrio distinto, sexo nuevo, amores nuevos, una nueva visión del mundo, un nuevo y bonito comienzo antes de que fuera demasiado tarde. Mera persecución del placer. Kitsch moral. El hecho de que no tuviera hijos y la situación con Jack daban forma a esas fantasías y, por supuesto, no lo pensaba en serio. Con todo, enterrado muy hondo en algún lugar de su mente, aunque nunca influyera en sus decisiones, latía un desprecio puritano por los hombres y las mujeres que destrozaban a su familia y se convencían a sí mismos de que lo hacían sin interés personal, por el bien de todos. Dentro de este pensamiento hipotético no habría excluido a los casados sin hijos o, al menos, no a Jack. ¿Una temporada de purificación en la prisión de Scrubs por contaminar su matrimonio buscando la novedad? ¿Por qué no?

Porque la vida en Gray's Inn desde el regreso de Jack era silenciosa y tirante. Había habido peleas, en las que ella desahogaba sentimientos amargos. Doce horas después los ratificaba, tan ardientemente como los votos matrimoniales, y nada cambiaba, el aire seguía estando «enrarecido». Para Fiona, la traición subsistía. Jack sazonaba sus disculpas con antiguas quejas de que ella le había aislado, de que era fría. Incluso una noche, a altas horas, dijo que no era «divertida» y que había «perdido el arte del juego». De todas sus acusaciones, estas últimas eran las que más le molestaban, porque intuía que eran ciertas, pero no disminuían su ira.

Por lo menos ya no decía que la amaba. Su diálogo más reciente, diez días antes, corroboró todo lo que se habían dicho anteriormente, cada acusación, cada réplica, cada frase bien rumiada y repulida, y al cabo de poco rato reincidían, cansados del otro y de sí mismos. Desde entonces, nada. Vivían sus jornadas, sus profesiones distintas en lugares diferentes de la ciudad, y cuando estaban encerrados juntos en el piso, se evitaban delicadamente, como si estuvieran bailando el *hoedown*. Eran lacónicos y rivalizaban en buenos modales cuando se veían obligados a abordar cuestiones domésticas, evitaban comer juntos, trabajaban en habitaciones separadas, los dos distraídos por la cruda conciencia de la presencia radiactiva del otro a través de la pared. Sin comentarlas, declinaban todas las invitaciones conjuntas. La única iniciativa conciliadora de Fiona fue entregarle una llave de la casa.

Ella dedujo de las palabras de Jack, evasivas pero hoscas, que en el dormitorio de Melanie, la estadística, no había traspasado las puertas del paraíso. En realidad no la tranquilizaba tanto. Era probable que él probase suerte en otros lares, quizá ya lo estaba haciendo, liberado esta vez de las penosas trabas de la franqueza. Sus «clases de geología» podían haber sido una buena tapadera. Fiona recordaba su promesa de abandonarle si continuaba su aventura con Melanie. Pero no tenía tiempo de emprender tan burdas averiguaciones. Y seguía indecisa, no se fiaba de su actual estado de ánimo. Si él le hubiera dejado más tiempo después de haberse marchado, ella habría adoptado una decisión clara y habría obrado de un modo constructivo para poner fin al matrimonio o para reconstruirlo. Así que se entregó al trabajo, como acostumbraba, y se propuso sobrevivir día a día al drama atenuado de su convivencia a medias con su marido.

Cuando una sobrina suya le confió a sus hijos durante un fin de semana, dos gemelas idénticas de ocho años, la situación se distendió, el piso se volvió más grande porque la atención se había desviado hacia el exterior. Jack durmió dos noches en el sofá de la sala, un hecho sobre el cual las gemelas no preguntaron nada. Eran de esas niñas educadas a la antigua, de conducta solemne y reservada, aunque no refractarias a una explosiva riña ocasional. Una o la otra –era fácil distinguirlas– iba a donde Fiona estaba leyendo, se le plantaba delante, le posaba una mano confiada en la rodilla y soltaba un sonoro chorro de anécdotas, reflexiones, fantasías. Fiona se le unía contándole historias suyas. Dos veces durante esta visita, mientras hablaba, una oleada de amor le atenazó la garganta y le picaron los ojos. Se sentía vieja y tonta. Le fastidiaba que le recordasen lo bueno que era Jack con los niños. Corriendo el riesgo de dislocarse la espalda, como le ocurrió una vez con los tres hijos del hermano de Fiona, accedió a unos juegos brutales que las niñas festejaron con arrebatos de chillidos inhumanos. En su casa, reprochaban a su madre divorciada que nunca las lanzase cabeza abajo en el aire. Jack las llevó a los jardines para enseñarles una versión excéntrica del críquet que él mismo había inventado, y a la hora de acostarse les leyó un cuento largo con una retumbante energía cómica y un gran talento para las voces.

Pero la noche del domingo, cuando ya se habían llevado a las gemelas, las habitaciones volvieron a estrecharse, el aire estaba viciado y Jack salió de casa sin dar explicaciones: un acto hostil, sin duda. Para una cita, conjeturó Fiona mientras se imponía tareas y adecentaba la habitación de huéspedes para no sentirse aún más alicaída. Al devolver los muñecos de peluche al cesto de mimbre donde se guardaban y recoger de debajo de la cama las cuentas de cristal y los dibujos desechados, experimentó una ligera y envolvente tristeza, una forma de la instantánea nostalgia que puede inspirar la súbita ausencia de unos niños. Esta sensación duró hasta la mañana del lunes y se convirtió en una tristeza general que la acompañó camino del trabajo. Sólo empezó a disiparse cuando se sentó a su escritorio para preparar el primer caso de la semana.

En algún momento, Nigel Pauling debía de haberle llevado el correo, porque allí, junto al codo, apareció de repente el montón. Al ver un sobre azul claro, de un formato inusualmente pequeño, estuvo a punto de llamar al secretario para que lo abriera. No estaba de humor para leer otra sarta de insultos analfabetos o una amenaza de violencia. Reanudó su trabajo, pero no lograba concentrarse. El tamaño poco práctico, la letra sinuosa, la ausencia de código postal, el sello ligeramente torcido: ya lo había visto demasiadas veces. Pero cuando volvió a mirar y se fijó en el matasellos le asaltó una sospecha repentina, sopesó la carta un momento en la mano y la abrió. Al instante vio por el saludo que tenía razón. De manera vaga, llevaba semanas esperándola. Había hablado con Marina Greene y había sabido que él estaba progresando, que había salido del hospital, que se ponía al día con los deberes escolares en su casa y esperaba volver a clase dentro de unas semanas.

Tres páginas azul claro, escritas por ambas caras. En la primera había un número siete dentro de un círculo, en el centro superior de la hoja, encima de la fecha.

¡Su señoría!
Ésta es mi séptima y creo que va a ser la que le envío.

Las primeras palabras del siguiente párrafo estaban tachadas.

Será la más sencilla y la más corta. Sólo quiero contarle un suceso. Ahora me doy cuenta de lo importante que es. Lo ha cambiado todo. Me alegro de haber esperado porque no me gustaría que hubiese visto las otras cartas. ¡Qué vergüenza! Aun así, no tan terribles como todas las cosas que le llamé cuando Donna vino a comunicarme su decisión. Estoy seguro de que usted vería las cosas como yo. De hecho sé exactamente lo que me dijo, que era evidente que yo sabía lo que quería y recuerdo que se lo agradecí. Todavía estaba furioso y echando pestes cuando ese horrible especialista, el señor Carter, alias «llámame Rodney», entró con media docena de ayudantes y el equipo. Creyeron que iban a tener que sujetarme. Pero estaba demasiado débil para resistirme, y aunque sentía rabia sabía lo que usted quería que hiciese. Así que extendí el brazo y empezaron. Pensar que la sangre de otra persona se mezclaba con la mía fue tan asqueroso que vomité encima de la cama.

Pero esto no es lo que quería decirle. Mi madre no pudo soportarlo y estaba sentada fuera de la habitación y yo la oía llorar y estaba tristísimo. No sé cuándo apareció mi padre. Creo que perdí el conocimiento durante un rato y cuando desperté los dos estaban allí junto a mi cama, llorando, y me entristecí más todavía porque los tres habíamos desobedecido a Dios. Pero lo importante es que tardé un momento en comprender ¡que estaban llorando de ALEGRÍA! Estaban tan felices que me abrazaban y se abrazaban ellos y alababan a Dios y sollozaban. Yo me sentía muy raro y me costó un día o dos entenderlo. Ni siquiera pensaba en ello. Luego lo hice. ¡Nadar y guardar la ropa! Nunca había entendido este refrán hasta ahora. Te has dado un baño y al salir del agua no te han robado la ropa. Mis padres siguieron la doctrina y obedecieron a los ancianos e hicieron todo lo que había que hacer y pueden esperar que les admitan en el paraíso terrenal, y al mismo tiempo me tienen a mí vivo sin que a ninguno de los tres nos hayan disociado. ¡Me hicieron la transfusión, pero no fue culpa nuestra! La culpa es de la jueza, del impío sistema, de lo que a veces llamamos «el mundo». ¡Qué alivio! Conservamos a nuestro hijo aunque dijimos que tenía que morir. ¡Nuestro hijo era la ropa!

No sé muy bien qué pensar. ¿Fue un engaño? Para mí fue algo crucial. Abreviaré una larga historia. Cuando me trajeron a casa saqué la Biblia de mi habitación, simbólicamente la puse en el pasillo, boca abajo encima de una silla, y les dije a mis padres que no volvería a pisar la Sala del Reino y que me desasociaran si querían. Hemos tenido unas peleas tremendas. El señor Crosby ha venido para hacerme entrar en razón. Nada que hacer. Le escribo porque realmente necesito hablar con usted, necesito oír su voz serena y tener su mente clara para que hablemos de esto. Pienso que usted me ha acercado a algo distinto, a algo muy hermoso y profundo, pero en realidad no sé qué es. No me ha dicho nunca en qué cree usted, pero me encantó que viniera y se sentara conmigo y que interpretáramos juntos «The Salley Gardens». Sigo leyendo ese poema todos los días. Me encanta ser «joven e insensato», y de no ser por usted no sería ni lo uno ni lo otro, ¡estaría muerto! Le he escrito un montón de cartas estúpidas y pienso en usted todo el tiempo y tengo muchas ganas de verla y de que hablemos. Sueño despierto con nosotros, maravillosas fantasías imposibles, como que vamos de viaje por todo el mundo en un barco y tenemos camarotes contiguos y subimos y recorremos la cubierta de un lado a otro hablando todo el día.

Su señoría, escríbame, por favor, sólo unas pocas palabras para decirme que ha leído esta carta y que no me odia por haberla escrito.

Suyo,

Adam Henry

P.D.: He olvidado decir que cada vez me siento más fuerte.

No le contestó o, mejor dicho, no echó al correo la nota que le costó casi una hora redactar aquella noche. En el cuarto y definitivo borrador creía mostrarse bastante amistosa, se alegraba de saber que estaba en su casa, que se sentía mejor y le complacía que él tuviera buenos recuerdos de su visita. Le aconsejaba que fuera cariñoso con sus padres. Era normal en la adolescencia que uno cuestionara las creencias que le habían inculcado, pero debía hacerlo de un modo respetuoso. Concluía diciendo, aunque no fuera cierto, que le había «cosquilleado» la idea de dar la vuelta al mundo en un barco. Añadía que cuando era joven había tenido sueños de escaparse como él. Tampoco esto era verdad, porque incluso a los dieciséis años había sido demasiado ambiciosa, demasiado ávida de buenas notas para pensar en fugarse. Sus únicas aventuras habían sido sus visitas de adolescente a sus primas de Newcastle. Al día siguiente, cuando leyó su breve carta, no fue la amistad lo que la sorprendió, sino la frialdad, la birria de consejos, el empleo impersonal de «uno» en una frase, la evocación inventada. Releyó la de Adam y la conmovieron de nuevo su calor y su inocencia. Era mejor no enviarle nada que le desmoralizase. Si cambiaba de opinión, podría escribirle más tarde.

Se aproximaba la fecha en que se iría de circuito, visitando ciudades inglesas y las sedes de los tribunales de Assize,[1] acompañada por otro juez especializado en Derecho civil y penal. Oiría casos que de otro modo tendrían que remitirse a los tribunales de Londres. Se hospedaría en alojamientos especialmente atendidos, en mansiones imponentes de interés histórico y arquitectónico cuyas bodegas, en algunos casos, eran legendarias y cuya ama de llaves solía ser una buena cocinera. Era costumbre que a los jueces visitantes les invitaran a una cena ofrecida por el representante de la corona. Después ella y su colega devolverían la gentileza en su alojamiento e invitarían a notables de la localidad o a personas interesantes (existía una diferencia entre los dos). Los dormitorios eran mucho más espaciosos que el de Fiona, las camas más anchas, las sábanas de un tejido más fino. En tiempos más felices, un hospedaje individual de este tipo suponía un placer sensual y culpable para una mujer con un matrimonio estable. Ahora ella ansiaba estar lejos del silencioso y solemne *pas de deux* en su casa. Y la primera escala fue en su ciudad inglesa favorita.

Una mañana de principios de septiembre, una semana antes de emprender el viaje, recibió una segunda carta. Su

---

1. Estos tribunales, derivados de un antiguo sistema reformado en 1972, y repartidos por diversos condados de Inglaterra y Gales, recibían y reciben periódicamente a magistrados superiores enviados por Londres para actuar únicamente en juicios penales importantes. *(N. del T.)*

preocupación fue mayor esta vez, incluso antes de abrirla, porque el sobre azul descansaba en el felpudo de la entrada de su casa, junto con publicidad y una factura de la compañía eléctrica. No figuraba su dirección, sólo su nombre. Para Adam Henry era muy fácil esperar fuera en el Strand o en Carey Street y seguirla a distancia. Jack ya se había ido al trabajo. Llevó la carta a la cocina y se sentó con los restos del desayuno.

Su señoría:
Ni siquiera sé lo que le escribí porque no conservé una copia, pero no importa que no me contestara. Todavía necesito hablar con usted. Mis noticias: grandes peleas con mis padres, fantástico haber vuelto al colegio, me siento mejor, estoy contento y después triste y luego otra vez contento. A veces la idea de tener dentro sangre de un desconocido me produce náuseas, como beber la saliva de alguien. O algo peor. No puedo evitar pensar que las transfusiones son malas, pero ya me da igual. Tengo muchísimas preguntas que hacerle, pero ni siquiera estoy seguro de que se acuerde de mí. Ha debido de tener docenas de casos después del mío y habrá tenido que tomar un montón de decisiones sobre otras personas. ¡Me siento celoso! Quería hablarle en la calle, acercarme y darle una palmada en el hombro. No he podido hacerlo porque soy un cobarde. Pensaba que quizá no me reconociese. Tampoco tiene que responderme a esta carta; lo cual significa que ojalá me responda. Por favor, no se apure, no pretendo acosarla ni nada parecido. Pero siento como si me hubiera explotado la cabeza. ¡Salen toda clase de cosas!
Cordialmente,
Adam Henry

Envió inmediatamente un correo electrónico a Marina Greene para preguntarle si encontraría tiempo, como una cuestión de seguimiento rutinario, para visitar al chico e informarla. Recibió una respuesta hacia el final de la jornada. Marina había visto a Adam esa misma tarde en su centro escolar, donde empezaba un trimestre adicional con el fin de prepararse para los exámenes de antes de Navidad. Había pasado media hora con él. Adam había engordado, tenía color en las mejillas. Estaba animado, incluso «divertido y travieso». Tenía problemas en su casa, sobre todo a causa de diferencias religiosas con sus padres, pero ella no veía nada insólito en esto. En una conversación aparte, el director del centro le había dicho que al salir del hospital Adam había aprovechado bien el tiempo para ponerse al día en sus tareas. Sus profesores pensaban que estaba entregando trabajos excelentes. Participaba en las actividades de la clase, no presentaba trastornos de conducta. En conjunto, todo había salido bien. Tranquilizada, Fiona optó por no escribirle.

Una semana después, la mañana del lunes en que tenía que partir hacia el noreste de Inglaterra, se produjo un movimiento infinitesimal a lo largo de la línea de falla de la crisis conyugal, un desplazamiento casi tan imperceptible como el de los continentes. Fue algo tácito que no comentaron. Más tarde, ya en el tren, cuando lo estaba pensando, revivió el momento, situado a horcajadas entre los bordes de lo real y lo imaginario. ¿Podía fiarse de su memoria? Eran las siete y media cuando había entrado en la cocina. Jack estaba junto a la encimera, de espaldas a Fiona, vertiendo granos de café en el molinillo. Ella había dejado el maletín en el recibidor y estaba recogiendo unos documentos últimos. Como de costumbre, se resistía a estar con Jack en un espacio reducido. Cogió una bufanda del respaldo de una silla y salió para continuar su búsqueda en la sala.

Volvió unos minutos más tarde. Él estaba sacando del microondas una jarra de leche. Los dos eran maniáticos respecto al café de la mañana y a lo largo de los años sus gustos habían convergido. Les gustaba fuerte, en tazas altas, blancas y de bordes finos, filtrado de los granos de excelente café de Colombia, y con leche tibia, no caliente. Todavía de espaldas a ella, Jack se sirvió leche en el café y se volvió con la taza en alto, sólo ligeramente extendida hacia Fiona. Nada en su expresión indicaba que se la estuviese ofreciendo y ella no asintió ni denegó con la cabeza. Sus miradas se cruzaron brevemente. Luego él posó la taza en la mesa de pino y la empujó unos centímetros hacia ella. En sí mismo, esto no tenía por qué significar gran cosa, porque en su tenso merodeo mutuo alrededor del otro se esforzaban en mostrarse educados, como si rivalizaran en parecer razonables, intachablemente por encima del rencor. No habían llegado al extremo de preparar una cafetera para uno solo. Pero hay maneras de asentar una taza en una mesa, desde el choque perentorio de la loza contra la madera hasta una forma sensible y silenciosa de posarla, y hay modos de aceptar una taza, cosa que ella hizo suavemente, a cámara lenta, y después de haber dado un sorbo no se retiró, o no inmediatamente, como quizá hubiera hecho cualquier otra mañana. Transcurrieron unos minutos de silencio y pareció que no estaban dispuestos a avanzar más por aquel camino, que el momento les desbordaba y que habrían retrocedido antes de intentar algo. Jack se volvió para coger una taza para él, y Fiona se alejó para ir a buscar algo al dormitorio. Se movían un poco más despacio de lo habitual, quizá incluso con desgana.

A primera hora de la tarde ya estaba en Newcastle. En el torniquete de la salida le esperaba un chófer para llevarla a los juzgados del Quayside. Nigel Pauling estaba junto a la entrada de los jueces y la acompañó a su despacho. Por la mañana, él había viajado en coche desde Londres con documentos judiciales y las togas de Fiona –todas sus galas, como dijo él–, porque asistiría tanto a los tribunales civiles y penales como a los del departamento de Familia. El secretario judicial acudió a darle una bienvenida formal y después el funcionario encargado de las listas pasó a visitarla y repasaron juntos la de los casos de los días siguientes. Tuvieron que despachar otros asuntos menores y hasta las cuatro no pudo marcharse. El pronóstico del tiempo anunciaba para el atardecer lluvias torrenciales procedentes del suroeste. Le dijo al chófer que la esperase y dio un paseo por la ancha acera a la orilla del río, por debajo del Tyne Bridge y a lo largo de Sandhill, pasó por delante de cafeterías nuevas con terraza y de arreglos florales al lado de sólidos edificios comerciales de fachada clásica. Subió la escalera hasta el Castle Garth y estuvo un rato en la cima contemplando el paisaje hacia el río. Le gustaba aquella especie de maraña exuberante de musculoso hierro colado, de acero y de cristal posindustriales, de viejos almacenes rescatados de la decrepitud para insuflarles una juventud de fantasía consistente en bares y cafeterías. Newcastle pertenecía a una época de su vida y se sentía como en casa allí. De adolescente lo había visitado varias veces, durante las enfermedades recurrentes de su madre, para pasar una temporada con sus primas predilectas. El tío Fred era dentista y el hombre más rico que había conocido. La tía Simone daba clases de francés en un centro de enseñanza secundaria. En la casa reinaba un caos agradable, una liberación respecto de los dominios impolutos y asfixiantes de su madre en Finchley. Sus primas, de una edad cercana a la suya, eran alegres y revoltosas y la obligaban a salir por la noche a cumplir misiones aterradoras que incluían el consumo de alcohol y a cuatro chicos apasionados de la música, de pelo largo hasta la cintura y bigotes caídos, que parecían unos libertinos pero resultaron ser majos. A sus padres les habría asombrado y consternado saber que su estudiosa hija de dieciséis años era una cara conocida en algunos clubs, bebía aguardiente de cerezas y cubalibres y ya tenía su primer amante. Y, lo mismo que sus primas, era una fan incondicional y una ayudante novata de una banda de blues que tocaba gratis, y las tres arrastraban amplificadores y las piezas de la batería para meterlos en una furgoneta herrumbrosa que siempre se averiaba. A menudo ella afinaba las guitarras. Su emancipación tuvo mucho que ver con el hecho de que sus visitas eran infrecuentes y nunca duraban más de tres semanas. Si se hubiera quedado más tiempo –lo que nunca fue posible– quizá le hubiesen permitido cantar los blues. Quizá se hubiera casado con Keith, el cantante solista al que ella tímidamente adoraba, que tocaba la armónica y tenía un brazo atrofiado.

El tío Fred trasladó su consulta al sur cuando ella tenía dieciocho años y el amorío con Keith terminó en lágrimas y en unos poemas de amor que Fiona no le envió. Fue una relación divertidísima y arriesgada que nunca se repetiría y que siguió estando asociada al nombre de Newcastle. No podría haberse reproducido en Londres, el lugar de sus ambiciones. A lo largo de muchos años había vuelto al noreste con diversos pretextos y en cuatro ocasiones cuando hacía el circuito. Siempre le animaba acercarse a la ciudad y avistar el puente de Stephenson sobre el río Tyne, llegar como la muchacha emocionada del pasado y apearse del tren en la estación central, debajo de los tres arcos curvos diseñados por John Dobson, y salir por la ostentosa *porte cochère* neoclásica de Thomas Prosser. Era su tío dentista, que iba a recibirla con su Jaguar verde y las impacientes primas a bordo, el que le había enseñado a apreciar la estación y las joyas arquitectónicas locales. Ella siempre tenía la sensación de que se encontraba en el extranjero, en una ciudad-estado báltica de curioso optimismo y orgullo. La atmósfera era más viva, la luz un espacioso gris luminiscente, los habitantes de Newcastle eran amistosos pero con aristas más afiladas, cohibidos o autoirónicos como actores de una comedia. Comparado con el de ellos, el acento meridional de Fiona parecía constreñido y artificioso. Si, como insistía Jack, la geología moldeaba el carácter y los destinos británicos, entonces los lugareños eran de granito y ella de una caliza burda que se desmenuzaba. Pero en su enamoramiento juvenil de la ciudad, sus primas, la banda y su primer novio creyó que podía cambiar y hacerse más auténtica, más real, convertirse en una *geordie*.[1] Años después, el recuerdo de esta aspiración todavía le inspiraba una sonrisa. Pero cada vez que regresaba seguía persiguiéndola una brumosa idea de renovación, de potencial sin descubrir en una vida distinta, a pesar de que se acercaba a su sexagésimo cumpleaños.

El coche en el que se recostaba era un Bentley de los años sesenta, y su destino era Leadman Hall, situado a un kilómetro y medio dentro del parque en el que estaban entrando por las verjas de la hospedería. Pronto dejaron atrás el campo de críquet, después una alameda de hayas,

1. Nombre coloquial con que se designa a los habitantes de Newcastle y su dialecto *(N. del T.)*.

ya mecidas por una brisa cada vez más fuerte, y después un lago asfixiado de vegetación. La mansión, de estilo palladiano, recientemente pintada de un blanco demasiado reluciente, tenía doce dormitorios y un servicio de nueve personas para acomodar y atender a los dos magistrados que hacían el circuito. Lo único que Pevsner había aprobado tibiamente era el invernadero. Sólo una anomalía burocrática había librado a Leadman de la tijera de los recortes, pero el juego se había acabado, era su último año por lo que atañía a la judicatura. La casa solariega, que les arrendaba unas semanas al año una familia local con una tradición histórica en la minería del carbón, se utilizaba sobre todo para congresos y banquetes de bodas. Habían decidido ahora que su campo de golf, sus pistas de tenis y la piscina climatizada al aire libre eran lujos innecesarios para unos jueces muy trabajadores que venían de paso. A partir del año siguiente, una empresa de taxis facilitaría un espacioso Vauxhall para sustituir al Bentley. El alojamiento sería en un hotel céntrico de Newcastle. Los jueces que hacían el circuito de la sección penal, que algunas veces encarcelaban durante largos períodos a lugareños con parientes temibles, preferían recluirse en una casa palaciega. Pero nadie podía pronunciarse a favor de Leadman sin que pareciera que tenía un interés personal.

Pauling estaba esperando con el ama de llaves en la explanada de grava delante de la puerta principal. Para esta última visita quería mostrarse a la altura de la ocasión. Se acercó a la portezuela trasera del automóvil con un taconazo y un irónico ademán ceremonioso. Como de costumbre, el ama de llaves era nueva. Esta vez era una joven polaca, de poco más de veinte años, pensó Fiona, pero su mirada era serena y tranquila y cogió con brazo firme el bulto más grande del equipaje de la jueza antes de que Pauling pudiera adelantársele. Codo con codo, el secretario y el ama precedieron a Fiona hasta la habitación del primer piso que ella consideraba suya. Daba a la fachada de la casa y tres altas ventanas dominaban la alameda de hayas y una parte del lago cubierto de vegetación. Más allá del dormitorio de nueve metros de largo había un cuarto de estar con un escritorio. Sin embargo, el cuarto de baño se hallaba en un pasillo y había que bajar tres escalones alfombrados. La última vez que modernizaron Leadman, la proliferación general de inodoros y duchas aún no había empezado.

La tormenta llegó cuando Fiona volvía de darse un baño. Desde la ventana central se quedó mirando en bata las rachas de lluvia, las figuras altas y espectrales que atravesaban raudamente los campos que durante unos segundos se perdieron de vista. Vio que la rama más alta de una de las hayas más cercanas se partía e iniciaba su caída, se ponía vertical y oscilaba, como sujetada por ramas más bajas, para de nuevo precipitarse, enredarse y por fin, liberada por viento, estrellarse crujiendo contra el camino de grava. Casi tan ruidoso como el silbido de la lluvia contra la grava era el gemido tumultuoso de los canalones. Encendió las luces y empezó a vestirse. Llevaba ya diez minutos de retraso para el aperitivo en el salón.

Cuando ella entró, cuatro hombres con traje oscuro y corbata, cada cual con un gin-tonic en la mano, interrumpieron la conversación y se levantaron de sus butacas. Un camarero con una chaquetilla blanca almidonada le preparó el combinado mientras el colega de Fiona, Caradoc Ball, del Queen's Bench,[1] que despachaba la lista de casos

1. Cuerpo de Jueces de la Reina, por así decirlo: es una división del Tribunal Superior de Justicia de Inglaterra y Gales, y asimismo un alto tribunal en jurisdicciones de la Commonwealth. *(N. del T.)*

penales, la presentó a los demás, un catedrático de jurisprudencia, un especialista en el ámbito de la fibra óptica y un tercero que trabajaba para el gobierno en la conservación de la línea costera. Todos tenían algún tipo de relación con Ball. Ella no había invitado a nadie para la primera velada. Siguió una conversación obligatoria sobre la inclemencia del clima. Después, una digresión sobre que las personas mayores de cincuenta y todos los americanos vivían todavía en un mundo que se medía en grados Fahrenheit. A continuación hablaron de que los periódicos británicos, para lograr un impacto máximo, informaban del tiempo frío en Celsius y del caluroso en Fahrenheit. Durante todo este tiempo, Fiona se preguntaba por qué tardaba tanto el joven profundamente encorvado sobre un carrito en el rincón del salón. Le sirvió la bebida justo cuando estaban evocando la transición al sistema monetario decimal realizada muchos años antes.

Sabía ya por Ball que él estaba en Newcastle para la revisión de un juicio por asesinato en el que acusaban a un hombre de matar a golpes de maza a su madre en la casa donde ella vivía, debido a los malos tratos que la víctima infligía a su hija más pequeña, hermanastra del acusado. No se había encontrado el arma del crimen y la prueba de ADN no era concluyente. El abogado defensor alegaba que a la mujer la había matado un intruso. El juicio fue anulado cuando se descubrió que un jurado había revelado a los demás una información que había obtenido en Internet a través de su móvil. Había descubierto en un tabloide un artículo publicado cinco años antes sobre una condena por agresión anteriormente impuesta al acusado. En la nueva era del acceso digital, algo había que hacer para «aclarar» las cosas a los jurados. El catedrático de jurisprudencia había presentado recientemente una pro-

151

puesta a la comisión judicial, y ésta debía de haber sido la conversación que Fiona interrumpió al entrar en el salón. Ahora la reanudaron. El especialista en fibra óptica estaba preguntando cómo se podía impedir que un jurado consultase algo en la intimidad de su domicilio, o que un miembro de su familia lo hiciese en su lugar. Era relativamente simple, aseguró el catedrático. Los propios jurados se controlarían. Estarían obligados, bajo amenaza o pena de prisión, a informar de cualquiera que comentase cuestiones no abordadas en la vista. Un máximo de dos años por informar a los demás, un máximo de seis meses por no denunciar una infracción. La comisión entregaría sus conclusiones al año siguiente.

Justo entonces entró el mayordomo para anunciarles que ya podían pasar a la mesa para la cena. Aunque no debía de llegar a los cuarenta, estaba mortalmente pálido, como si le hubieran espolvoreado la cara. Blanco como una aspirina, Fiona había oído decir un día a una mujer francesa del medio rural. Pero el hombre no parecía enfermo, porque en su cometido se mostró impersonal y seguro de sí mismo. Mientras él se hacía a un lado, cortésmente inclinado, ellos apuraron las bebidas y siguieron a Fiona hasta el comedor a través de una serie de puertas dobles. La mesa, que tenía cabida para treinta comensales, estaba preparada para cinco en un extremo solitario. La habitación estaba revestida de dos paneles de madera, pintados de un color anaranjado casi fluorescente y con dibujos de flamencos intercalados a distancias iguales. Las cenas se celebraban ahora en el lado norte de la casa, donde soplaba el viento y temblaban y retumbaban las tres ventanas de guillotina. El aire era frío y húmedo. Había un ramo polvoriento de flores secas en la chimenea. El mayordomo explicó que había sido cegada muchos años antes, pero que iría a buscar un calefactor eléctrico. Los invitados estudiaron la colocación de los asientos y, tras una pausa de educados titubeos, convinieron en que, por razones de simetría, Fiona ocupara la cabecera de la mesa.

Hasta entonces ella apenas había hablado. El mayordomo pálido sirvió vino blanco a los invitados. Dos camareros llevaron paté de arenque ahumado y tostadas finas. Inmediatamente a su izquierda Fiona tenía al experto en conservación, Charlie, un cincuentón regordete, calvo y jovial. Mientras los otros tres seguían hablando de jurados, él le preguntó gentilmente por su trabajo. Resignada a un turno de ineludible cháchara, habló en general del departamento de Familia. Pero Charlie quería conocer detalles. ¿Sobre qué tipo de casos dictaría sentencia al día siguiente? Ella se sintió más a gusto hablando de uno concreto. Una autoridad local quería la custodia de dos menores, un niño de dos años y una niña de cuatro. La madre era una alcohólica, y además adicta a las anfetaminas. Sufría episodios psicóticos durante los cuales se creía espiada por unas bombillas. Ya no era capaz de cuidar de sí misma ni de los niños. El padre, que los había abandonado hacía un tiempo, ahora había reaparecido afirmando que él y su novia podían ocuparse de ellos. Él también tenía problemas con las drogas, además de antecedentes penales, pero le asistían derechos. Una asistenta social declararía al día siguiente ante el tribunal sobre su aptitud como padre. Los abuelos por parte de la madre amaban a sus nietos, estaban capacitados y querían llevárselos con ellos, pero carecían de derechos. La autoridad local, cuyo servicio de protección a la infancia había sido criticado en un informe oficial, se oponía a la petición de los abuelos por razones que todavía no estaban claras. Las tres partes, madre, padre y abuelos, estaban acerbamente enfrentados. Otra complicación eran

153

los dictámenes contradictorios sobre la niña de cuatro años. Un experto pediátrico dijo que tenía necesidades especiales, otro enviado por los abuelos creía que su desarrollo era normal, aunque estaba trastornada por la conducta de su madre y pesaba menos de lo que debería a causa de una alimentación irregular.

Fiona dijo que había muchos otros casos similares en la lista de la semana. Charlie se puso la mano en la frente y cerró los ojos. Qué desastre. Si él tuviera que intervenir y tomar una decisión sobre un caso semejante a la mañana del día siguiente, estaría toda la noche desvelado, mordiéndose las uñas y abusando del minibar del salón. Ella le preguntó por qué estaba allí. Charlie había llegado de Whitehall para convencer a un grupo de granjeros de la costa de que se afiliaran a unas organizaciones medioambientales locales y permitieran que sus tierras de pastos fueran inundadas por agua de mar con el fin de restituirlas a su estado inicial de marismas. Esto era, de lejos, la defensa mejor y más barata contra las inundaciones costeras, maravilloso para la fauna y flora, en especial para las aves, y bueno asimismo para el turismo a pequeña escala. Pero existía una fuerte oposición de algunas facciones del sector agrícola, a pesar de que se compensaría bien a los granjeros. Durante las reuniones celebradas todo el día le habían acallado a gritos. Corría el rumor de que las expropiaciones eran obligatorias, y nadie le creyó cuando dijo que no lo eran. Le tomaban por un representante del gobierno central, y los granjeros estaban furiosos por todas las demás cuestiones que no eran competencia del departamento de Charlie. Más tarde le habían zarandeado en un pasillo. Un hombre «de la mitad de mi edad y el doble de fuerte» le había agarrado de la solapa y había murmurado con el acento local algo que él no había entendido. Menos mal. Al día siguiente lo intentaría de nuevo. Estaba seguro de que al final lo conseguiría.

Bueno, aquello parecía un círculo del infierno especial y Fiona se conformaba con una madre psicótica al día. Se estaban riendo de esto cuando se percataron de que los otros tres habían concluido su conversación y les estaban escuchando.

Caradoc Ball, que era un viejo amigo estudiantil de Charlie, dijo:

–Espero que seas consciente de que estás hablando con una jueza muy distinguida. Seguro que te acuerdas del caso de los gemelos siameses.

Todos se acordaban, y cuando retiraron los platos y se sirvió el *bœuf en croûte* y el Château Latour, hablaron del famoso caso y le hicieron preguntas sobre él. Ella les dijo todo lo que quisieron saber. Todos tenían su opinión, pero como era la misma pronto pasaron a comentar la pasión y la rivalidad que la historia había generado en la prensa. No estaban muy lejos de un chismorreo colectivo sobre los últimos resultados de la investigación Leveson. Terminaron el plato de carne. Según el menú, el siguiente era un budín de pan y mantequilla. Fiona conjeturó que pronto estarían discutiendo sobre la locura o el acierto de que Occidente enviara a sus ejércitos a Siria. Caradoc era imparable en este tema. Y, en efecto, empezaba a abordarlo cuando oyeron voces en el vestíbulo. Aparecieron Pauling y el camarero blanco como una aspirina, se detuvieron un instante en el umbral y luego se acercaron a ella.

El camarero se quedó a un lado con aire disgustado mientras Pauling, después de disculparse con un gesto ante los comensales, se inclinó sobre la silla de Fiona y le dijo en voz baja al oído:

155

–Señoría, perdone que le interrumpa, pero me temo que se trata de un asunto que exige su atención inmediata.

Ella se dio unos toques en los labios con la servilleta y se levantó.

–Discúlpenme, caballeros.

Inexpresivos, todos se levantaron mientras ella precedía a los dos hombres a través del salón. Cuando Fiona estuvo fuera le dijo al camarero:

–Seguimos esperando ese calefactor.

–Ahora lo traigo.

Había algo perentorio en su porte cuando se alejó, y ella miró a su secretario arqueando las cejas. Pero Pauling se limitó a decir:

–Es por aquí.

Ella le siguió, cruzaron el pasillo y entraron en lo que antes había sido una biblioteca. Llenaban las estanterías libros de viejo, de esos que los hoteles compran por metros para crear atmósfera. Pauling dijo:

–Es ese chico, el testigo de Jehová, Adam Henry. El de la transfusión, ¿se acuerda? Parecer ser que la ha seguido hasta aquí. Ha estado caminando bajo la lluvia, completamente empapado. Querían obligarlo a marcharse, pero he pensado que antes debía saberlo usted.

–¿Dónde está ahora?

–En la cocina. Hace más calor allí.

–Será mejor que le traiga aquí.

En cuanto Pauling hubo salido, se levantó y paseó lentamente por la habitación, consciente de que los latidos de su corazón se habían acelerado. Si hubiera contestado a sus cartas ahora no tendría que afrontar aquella situación. ¿Qué situación? Un enredo innecesario con un caso que estaba cerrado. Y algo más que eso. Pero no había tiempo para pensarlo. Oyó los pasos que se aproximaban.

Se abrió la puerta y Pauling hizo pasar al chico. Fiona nunca le había visto fuera de la cama y le sorprendió lo alto que era, bastante más de un metro ochenta. Llevaba el uniforme del colegio, pantalón gris de franela, un jersey gris, una camisa blanca, un blazer ligero, toda la ropa empapada, y tenía el pelo despeinado después de habérselo frotado para secarlo. Con una mano sostenía una pequeña mochila. Un detalle conmovedor era el paño de la cocina de Leadman que le colgaba de los hombros para darle calor, adornado con un collage de lugares típicos de la ciudad.

El secretario vaciló en la entrada mientras el chico avanzaba un par de pasos; se detuvo cerca de donde estaba Fiona y dijo:

–Lo siento muchísimo.

En aquellos primeros momentos era más fácil ocultar una confusión de sentimientos por medio de un tono maternal:

–Pareces helado. Más vale que traigan aquí ese calefactor.

–Lo traigo yo mismo –dijo Pauling, y salió.

–Bueno –dijo ella, al cabo de un silencio–. ¿Cómo demonios me has encontrado aquí?

Otra evasiva, preguntar cómo en lugar de por qué, pero a estas alturas, aunque la presencia de Adam seguía siendo una conmoción, no era capaz de inquirir lo que quería de ella.

El chico hizo un relato sobrio.

–La he seguido en un taxi hasta King's Cross, he subido a su tren, y como no sabía dónde iba a apearse he tenido que comprar un billete hasta Edimburgo. En Newcastle la he seguido al salir de la estación, he corrido detrás de su limusina, luego la he perdido, he supuesto adónde iba y

157

he preguntado a la gente dónde estaban los juzgados. Al llegar allí he visto su coche.

Ella le miraba mientras él hablaba, asimilando la transformación. Ya no era flaco, pero seguía siendo esbelto. Tenía más fuertes los hombros y los brazos. La misma larga y delicada estructura de la cara, el lunar marrón del pómulo casi invisible en la tez oscurecida por la salud juvenil. Sólo trazas de las bolsas violetas debajo de los ojos. Labios llenos y húmedos, bajo aquella luz demasiado negra no se distinguía el color de sus ojos. Incluso cuando intentaba mostrarse contrito tenía un aire de vitalidad excesiva, parecía demasiado ávido de las nimiedades de su propia explicación. Cuando apartó la mirada para ordenar mentalmente la secuencia de los hechos, Fiona se preguntó si su madre habría descrito el semblante de Adam como una cara de otra época. Una idea sin sentido. La idea que tiene todo el mundo de un poeta romántico, un primo de Keats o Shelley.

–He esperado un rato larguísimo hasta que ha salido y la he seguido por la ciudad y después en el trayecto hacia el río y la he visto subirse al coche. Me ha costado más de una hora, pero al final he encontrado un sitio en mi móvil que decía dónde se alojan los jueces y he hecho autostop, me han dejado en la carretera principal, he escalado la tapia para no pasar por delante de la casa del guarda y he subido por el camino en medio de la tormenta. He esperado siglos ahí atrás, a la vuelta, al lado de los antiguos establos, sin saber qué hacer, y entonces me ha visto alguien. Lo siento muchísimo. Yo...

Irritado, con la cara colorada, Pauling entró con el calefactor. Tal vez había tenido que disputárselo al mayordomo. Fiona y Adam vieron cómo se ponía a gatas con un gruñido y desaparecía parcialmente debajo de una mesa lateral para llegar a un enchufe. Después de dar marcha atrás a cuatro patas y levantarse, puso las manos en los hombros del chico y le guió hacia el chorro de aire caliente. Antes de marcharse le dijo a Fiona:

–Estaré ahí fuera.

Cuando les dejó solos ella dijo:

–¿No te parece que debería preocuparme por el hecho de que me hayas seguido hasta mi casa y luego hasta aquí?

–¡Oh, no! Por favor, no piense eso. No debe preocuparse. –Hizo un movimiento de impaciencia alrededor, como si en algún lugar de la biblioteca hubiera una explicación escrita–. Oiga, usted me salvó la vida. Y no sólo eso. Mi padre intentó escondérmela, pero leí la sentencia. Decía que quería protegerme de mi religión. Pues lo ha hecho. ¡Estoy salvado!

Se rió de su propia broma y ella dijo:

–No te salvé para que me persiguieras por todo el país.

Justo en aquel momento un componente fijo del calefactor debió de entrar en la órbita de una pieza móvil, porque un sonido metálico resonaba a intervalos en la habitación. Aumentaba, luego disminuía, luego se estabilizaba. Sintió un acceso de irritación contra Leadman Hall. Un engaño. Un cuchitril. ¿Cómo no lo había advertido antes?

Pasado este acceso, dijo:

–¿Tus padres saben dónde estás?

–Tengo dieciocho años. Puedo ir a donde quiera.

–Me da igual la edad que tienes. Estarán preocupados.

Él emitió un bufido de exasperación adolescente y depositó su mochila en el suelo.

–Mire, su señoría...

–Basta. Me llamo Fiona.

Se sentía mejor mientras pudiera mantenerle en su sitio.

–No pretendía ser sarcástico ni nada parecido.

–Muy bien. ¿Qué me dices de tus padres?

–Ayer tuve una trifulca terrible con mi padre. Hemos tenido algunas desde que salí del hospital, pero la de ayer fue muy fuerte, los dos gritando, y le dije todo lo que pensaba sobre su estúpida religión, aunque no me escuchaba. Al final me marché. Subí a mi cuarto y preparé la mochila, cogí mis ahorros y me despedí de mi madre. Y me fui.

–Tienes que llamarla ahora.

–No hace falta. Le mandé un sms anoche desde donde estaba.

–Mándale otro.

Él la miró, tan sorprendido como decepcionado.

–Anda. Dile que estás bien y contento en Newcastle y que le escribirás otra vez mañana. Después hablamos.

Se alejó unos pasos y observó cómo los largos pulgares de Adam bailaban sobre un teclado virtual. En cuestión de segundos el móvil estaba de nuevo en su bolsillo.

–Ya está –dijo, mirándola expectante, como si fuese ella la que debería dar cuenta de sus actos. Fiona se cruzó de brazos.

–Adam, ¿por qué has venido?

Él desvió la mirada y titubeó. No iba a responderle, o al menos no directamente.

–Verá, no soy la misma persona. Cuando usted vino a verme yo estaba realmente decidido a morir. Es increíble que personas como usted perdieran el tiempo conmigo. ¡Yo era tan idiota!

Ella señaló con un gesto dos sillas de madera que había junto a una mesa ovalada de nogal y se sentaron uno frente a otro. La luz del techo, una rueda rústica de madera barnizada que sostenía cuatro lámparas de bajo consumo, proyectaba por un lado un espectral resplandor blan-

160

co. Realzaba los contornos de los pómulos y los labios de Adam y resaltaba las dos bellas crestas gemelas a los lados de la hendidura del labio. Era un rostro hermoso.

–A mí no me pareció que fueras un idiota.

–Pues lo era. Cada vez que los médicos y las enfermeras intentaban convencerme, yo me sentía como noble y heroico diciéndoles que me dejasen en paz. Yo era puro y bueno. Me encantaba que no pudieran comprender lo profundo que era. Qué engreído. Me gustaba que mis padres y los ancianos estuvieran orgullosos. Por la noche, cuando no había nadie alrededor, probé a hacer un vídeo, como hacen los terroristas suicidas. Lo iba a hacer con mi móvil. Quería que saliera en el noticiario de la televisión y en mi funeral. Me eché a llorar en la oscuridad imaginando que pasaban con mi ataúd por delante de mis padres, mis amigos y mis profesores del colegio, toda la congregación de Testigos, y las flores, las coronas, la música triste, todo el mundo llorando, todo el mundo me amaba y estaba orgulloso de mí. La verdad, era un idiota.

–¿Y dónde estaba Dios?

–Detrás de todo. Yo obedecía sus instrucciones. Pero lo más importante era la deliciosa aventura que estaba viviendo, la de que tendría una bella muerte y me adorarían. Una compañera de clase tuvo anorexia hace tres años, cuando tenía quince. Su sueño era consumirse entera, como una hoja seca al viento, es lo que decía, irse apagando suavemente hasta la muerte mientras que todos la compadecían y después se arrepentían de no haberla comprendido. Lo mío era algo parecido.

Ahora que estaba sentado, ella lo recordó en el hospital, recostado en las almohadas entre los escombros de la adolescencia. No era su enfermedad lo que evocaba, sino el entusiasmo, la vulnerable inocencia. Hasta la palabra anorexia en sus labios sonaba como una excursión optimista. Adam había sacado del bolsillo una tira estrecha de tela verde, quizá arrancada de un forro, y se la enrollaba y la frotaba entre el pulgar y el índice, como si fuera un kombolói.

–Entonces no era tanto una cuestión religiosa. Era más lo que sentías.

Él levantó las dos manos.

–Lo que sentía venía de mi religión. Estaba cumpliendo la voluntad de Dios, y usted y los demás se equivocaban totalmente. ¿Cómo podría haberme metido en aquel lío sin ser testigo de Jehová?

–Lo dices como si tu amiga anoréxica se hubiera salido con la suya.

–Sí, bueno, en realidad la anorexia es un poco como la religión.

Como ella se mostró escéptica, él improvisó.

–Oh, ya sabe, quieres sufrir, amas el dolor y el sacrificio, piensas que todo el mundo te está observando y que se preocupa y que el universo entero sólo se ocupa de ti. ¡Y de lo que pesas!

Fiona no pudo evitar reírse de la cara severa de desaprobación que él puso al ironizar sobre sí mismo. El chico sonrió ante aquella inesperada capacidad de divertirla.

Oyeron voces y pasos en el pasillo cuando los invitados salieron del comedor y se dirigieron a la sala para tomar el café. Después, un estallido de risa entrecortada cerca de la puerta de la biblioteca. Adam se tensó temiendo una interrupción y se sentaron en un silencio conspirativo, aguardando a que se atenuaran los sonidos. Adam se miraba las manos enlazadas sobre las vetas barnizadas de la mesa. Ella se preguntó cómo habrían sido todas las horas de su infancia y su adolescencia, presididas por rezos, him-

162

nos, sermones y otras ataduras de las que nunca sabría nada, en la estricta y amorosa comunidad que le había mantenido hasta que estuvo a punto de matarle.

–Adam, te lo pregunto otra vez. ¿Por qué has venido?

–Para darle las gracias.

–Hay maneras más sencillas.

Él suspiró de impaciencia mientras se guardaba en el bolsillo la tira de tela. Por un momento ella creyó que se disponía a marcharse.

–Su visita fue una de las mejores cosas que me han sucedido en la vida –dijo, y después, rápidamente–: La religión de mis padres era un veneno y usted fue el antídoto.

–No recuerdo haber hablado en contra de la fe de tus padres.

–No lo hizo. Estaba tranquila, escuchaba, preguntó unas cosas, comentó otras. Ésa era la cuestión. Es algo que usted tiene. Era una cosa nueva. No tuvo que decirlo. Una forma de pensar y de hablar. Si no sabe lo que quiero decir, vaya a escuchar a los ancianos de la congregación. Y cuando interpretamos nuestra canción...

Ella dijo, bruscamente:

–¿Sigues tocando el violín?

Él asintió.

–¿Y la poesía?

–Sí, escribo mucha. Pero odio las que estaba escribiendo antes.

–Pues tienes dotes. Sé que escribirás algo maravilloso.

Ella vio el desánimo en sus ojos. Se estaba distanciando, interpretaba a la tía solícita. Retrocedió un par de pasos en la conversación para saber por qué deseaba tanto no decepcionarle.

–Pero seguro que tus profesores eran muy distintos de los ancianos.

Él se encogió de hombros.

–No lo sé. –Añadió, como explicación–: El colegio era enorme.

–¿Y qué es eso que se supone que tengo? Lo dijo con gravedad, sin permitirse ni un asomo de ironía.

La pregunta no incomodó a Adam.

–Cuando vi a mis padres llorando de aquel modo, llorando a lágrima viva, llorando y gritando de alegría, todo se vino abajo. Pero ahí está el quid. La caída reveló la verdad. ¡Claro que no querían que muriera! Me quieren. ¿Por qué no me decían eso, en vez de hablar de los gozos del cielo? Entonces lo vi como un ser humano normal. Normal y bueno. No se trataba de Dios en absoluto. Aquello era una estupidez. Fue como si un adulto hubiera entrado en una habitación llena de niños que se están amargando la vida y hubiera dicho: Eh, basta de tonterías, ¡es la hora del té! Usted fue la adulta. Lo sabía todo pero no lo dijo. Se limitó a hacer preguntas y a escuchar. Toda la vida y el amor que tiene por delante: lo escribió usted. Eso es lo que usted tiene. Y mi revelación. Desde «Salley Gardens» en adelante.

Ella dijo, sin deponer su expresión grave:

–Como si me hubiera explotado la cabeza.

Él se rió, complacido de que a su vez le citara.

–Fiona, casi puedo tocar entera esa pieza de Bach sin un error. Puedo tocar el tema de *Coronation Street*. He leído *The Dream Songs* de Berryman. Voy a actuar en una obra de teatro y tengo que pasar unos exámenes antes de Navidad. ¡Y gracias a usted me sé de memoria a Yeats!

–Sí –dijo ella, en voz baja.

Él se inclinó hacia delante apoyado en los codos, y sus ojos oscuros brillaban bajo la luz espantosa y toda la cara parecía temblarle de expectación, de insoportable apetito.

Ella lo pensó un momento y dijo, en un susurro:

–Espera aquí.

Se levantó, dudó y pareció a punto de cambiar de idea y sentarse. Pero dejó a Adam, cruzó la biblioteca, salió al pasillo. Pauling estaba a unos pasos de distancia, fingiendo que se interesaba por las páginas del libro de visitas que descansaba encima de una mesa con tablero de mármol. Le dio unas rápidas instrucciones en voz baja, volvió a la biblioteca y cerró la puerta tras ella.

Adam se había retirado de los hombros el paño de cocina y estaba examinando el collage de atracciones locales. Cuando Fiona se sentó de nuevo dijo:

–Nunca he oído hablar de ninguno de estos sitios.

–Hay muchas cosas por descubrir.

Cuando se disiparon los efectos de la interrupción, dijo:

–Así que has perdido tu fe.

Él pareció escabullirse.

–Sí, quizá. No lo sé. Creo que me da miedo decirlo en voz alta. La verdad es que no sé dónde estoy. O sea, lo que ocurre es que cuando te has alejado un poco de los Testigos, también podrías alejarte del todo. ¿Para qué sustituir un cuento infantil por otro?

–Quizá todo el mundo necesita esos cuentos.

Él sonrió con indulgencia.

–No creo que lo diga en serio.

Ella sucumbió a su costumbre de sintetizar las opiniones ajenas.

–Viste llorar a tus padres y estás confuso porque sospechas que su amor por ti es más grande que su creencia en Dios o en la otra vida. Tienes que alejarte. Es perfectamente natural a tu edad. Quizá vayas a la universidad. Eso te ayudaría. Pero sigo sin entender por qué has venido. Y, más concretamente, qué vas a hacer ahora. ¿Adónde piensas ir?

Esta segunda pregunta inquietó más a Adam.

–Tengo una tía en Birmingham. La hermana de mi madre. Me hospedará durante una o dos semanas.

–¿Te está esperando?

–Más o menos.

Ella estaba a punto de pedirle que mandara otro mensaje cuando él extendió la mano a lo largo de la mesa, y con la misma rapidez ella retiró la suya y la posó en el regazo. Él no soportaba mirarla o que ella le mirase mientras hablaba. Se puso las manos en la frente, tapándose los ojos.

–Mi pregunta es ésta. Cuando la oiga pensará que es muy estúpida. Pero, por favor, no la rechace sin más. Dígame, por favor, que se lo pensará.

–¿Y bien?

Él lo dijo mirando al tablero de la mesa.

–Quiero irme a vivir con usted.

Ella aguardó a que dijera algo más. Nunca habría previsto una petición semejante. Pero ahora parecía obvia.

Él seguía sin poder mirarla a los ojos. Hablaba deprisa, como avergonzado por su propia voz. Lo tenía todo pensado.

–Podría hacerle pequeños trabajos, tareas domésticas, recados. Y usted me daría listas de lectura, ya sabe, todo lo que crea que debería conocer...

La había seguido a través del país, por la calle, había caminado bajo una tormenta para pedírselo. Era una ampliación lógica de su fantasía de un largo viaje en barco con ella, hablando todo el día mientras paseaban de un lado a otro de la cubierta. Lógica y descabellada. E inocente. El silencio les envolvió y les ató. Hasta el golpeteo del calefactor parecía remitir, y no se oía ningún ruido fuera de la habitación. Él seguía tapándose la cara. Ella

fijó la mirada en las espirales castaño oscuro de su pelo joven y saludable, ahora completamente seco y reluciente. Dijo, con suavidad:

–Sabes muy bien que no puede ser.

–No me entrometería; entre usted y su marido, me refiero. –Finalmente retiró las manos y la miró–. Como si fuera un inquilino, ¿sabe? Cuando haya terminado los exámenes podría encontrar un trabajo y pagarle un alquiler.

Ella vio la habitación de huéspedes y sus dos camas individuales gemelas, los ositos y los demás animales de peluche en el cesto de mimbre, el armario de los juguetes tan repleto que una de las puertas no cerraba. Tosió bruscamente y se levantó, recorrió toda la longitud de la biblioteca hasta la ventana y fingió que miraba hacia la oscuridad. Por fin, sin volverse, dijo:

–Sólo tenemos un cuarto de invitados y un montón de sobrinos y sobrinas.

–¿Quiere decir que ésa es la única objeción?

Sonó un golpecito en la puerta y entró Pauling.

–Estará aquí dentro de dos minutos, su señoría –dijo, y se retiró.

Ella se apartó de la ventana, volvió hacia Adam y se agachó para recoger su mochila del suelo.

–Mi secretario te acompañará en un taxi, primero a la estación para que compres un billete a Birmingham mañana por la mañana y luego a un hotel cercano.

Tras una pausa él se puso en pie despacio y cogió la mochila de las manos de Fiona. A pesar de su estatura parecía un niño pequeño asustado.

–¿Y ya está?

–Quiero que me prometas que te pondrás otra vez en contacto con tu madre antes de subir al tren. Dile dónde estarás.

Él no respondió. Ella le encaminó hacia la puerta y salieron de la biblioteca. No había nadie a la vista. Caradoc Ball y sus invitados se habían instalado en el salón, a puerta cerrada. Dejó a Adam esperando en la biblioteca mientras ella iba a su habitación a coger dinero de su bolso. Al volver vio toda la escena desde la altura donde se encontraba, en la cima de la escalinata. La puerta principal estaba abierta y el mayordomo hablaba con el taxista. Detrás de él, al pie de los escalones del pórtico, el taxi tenía la portezuela abierta para que se oyeran los alegres sonidos en cascada de música de orquesta árabe. El secretario cruzaba el vestíbulo a zancadas, supuestamente para evitar que el mayordomo causara algún problema. Adam Henry, por su parte, seguía junto a la entrada de la biblioteca, apretando contra el pecho la mochila que tenía en las manos. Para cuando ella llegó junto a él, el mayordomo, el taxista y el secretario estaban fuera, en la explanada de grava, hablando junto al coche, confió ella, de un hotel conveniente.

El chico empezó a decir:

–Pero si ni siquiera hemos...

Fiona levantó una mano para instarle al silencio.

–Tienes que irte.

Suavemente, aferró entre los dedos la solapa de la fina chaqueta de Adam y lo atrajo hacia ella. Su intención era besarle en la mejilla, pero cuando ella se aupó y él se agachó un poco y se acercaron sus caras, él giró la cabeza y sus labios se juntaron. Ella podría haber retrocedido, podría haberse apartado inmediatamente. Pero se entretuvo, indefensa ante la situación. La sensación de una piel sobre la otra no daba ninguna posibilidad de elegir. Si era posible besar castamente de lleno en los labios, fue lo que ella hizo. Un contacto fugaz, pero fue algo más que la idea de un beso, más de lo que una madre podría dar a su hijo adulto. Durante dos segundos, quizá tres. Tiempo suficiente para percibir en la suavidad de sus labios todos los años, toda la vida que la separaba de él. Al despegarse, una ligera adhesión de la piel podría haberlos fundido de nuevo. Pero unos pasos se aproximaban por la grava y los escalones de piedra. Fiona le soltó la solapa y repitió:

–Tienes que irte.

Él recogió su mochila, que había posado en el suelo, la siguió por el vestíbulo y salieron al aire fresco de la noche. Al pie de los escalones el taxista le dirigió un saludo amistoso y le abrió la puerta trasera del taxi. Dentro habían apagado la música. Ella tenía pensado darle el dinero a Adam, pero de repente, absurdamente, cambió de opinión y se lo entregó a Pauling. Él asintió e hizo una mueca al coger el pequeño fajo de billetes. Con un brusco movimiento de los hombros, Adam pareció zafarse de todos ellos, se inclinó para subirse al asiento trasero y se sentó con la mochila en las rodillas y la mirada fija hacia delante. Fiona, que ya empezaba a lamentar la situación que había propiciado, rodeó el coche para intercambiar con él una última mirada. Sin duda él era consciente de su presencia, pero giró la cabeza hacia otro lado. Pauling se sentó delante, con el taxista. El mayordomo cerró la portezuela de Adam con un gesto desdeñoso del envés de la mano. Mientras el taxi se alejaba, Fiona, con los hombros caídos, subió corriendo los agrietados escalones de piedra.

5

Abandonó Newcastle una semana después, tras haber dictado sentencias o haberlas demorado a la espera de informes, o haber dejado satisfechas o amargadas a las partes de un pleito, algunas de las cuales disponían del débil consuelo del derecho a apelar. En el caso del que le había hablado a Charlie en la cena, concedió la custodia a los abuelos y autorizó a la madre y al padre, por separado, una visita semanal supervisada, con una fecha de revisión fijada al cabo de seis meses. Para entonces, el juez que ocupara su lugar tendría la ventaja de un informe de seguimiento sobre el bienestar de los niños, la promesa de los padres de asistir a un programa de rehabilitación y el estado mental de la madre. La niña seguiría en la misma escuela, un centro anglicano de primera enseñanza, donde era muy conocida. Fiona consideró ejemplar en este caso la conducta de la sección de infancia de la autoridad local.

A última hora de la tarde del viernes se despidió de los funcionarios del tribunal. La mañana del sábado, en Leadman Hall, Pauling cargó en el maletero del coche las cajas de documentos y las togas de Fiona en sus perchas. Una vez amontonado su equipaje personal en el asiento trasero e instalada la magistrada delante, enfilaron hacia Carlisle, al oeste, a través del Tyne Gap, y recorrieron toda la anchura de Inglaterra, dejando los montes Cheviot a la derecha y los Peninos a la izquierda. Pero el tráfico, su volumen, sus tedios y el monótono mobiliario viario que definía uniformemente a las Islas Británicas deslustraron el drama de la geología y la historia.

Al atravesar Hexham redujeron la marcha a paso de peatón, el móvil de Fiona descansaba ocioso en su mano y ella estaba pensando en el beso, como había pensado en diversas ocasiones a lo largo de toda la semana. Qué locura impulsiva, no haberse zafado. Una locura profesional y social. En el recuerdo, el contacto real de la piel con la piel tendía a prolongarse en el tiempo. Después ella intentaría reducir el instante a un irreprochable beso en los labios. Pero ese beso pronto volvía a hincharse hasta que ya no sabía lo que era o lo que había ocurrido o durante cuánto tiempo se había arriesgado a incurrir en el oprobio. Caradoc Ball podría haber salido al vestíbulo en cualquier momento. Peor aún, uno de sus invitados, libre de la lealtad tribal, podría haberla visto y contárselo a todo el mundo. Pauling podría haber vuelto a entrar en la casa después de hablar con el taxista y haberla sorprendido. Y entonces la distancia delicadamente forjada entre ellos que hacía posible su trabajo se habría destruido.

No era proclive a impulsos alocados y no comprendía su propia conducta. Se daba cuenta de que había muchas más cosas que afrontar en su confusa madeja de sentimientos, pero lo que le absorbía por el momento era el horror de lo que podría haber sucedido, la ridícula y vergonzosa transgresión de la ética profesional. La ignominia que habría tenido que arrostrar ella sola. Era difícil creer que nadie la había visto, que estaba abandonando indemne el lugar del delito. Era más fácil creer que la verdad, dura y oscura como una semilla amarga, estaba a punto de revelarse: que la habían visto y ella no lo había advertido. Que incluso en ese mismo momento, a muchos kilómetros, el suceso se comentaba en Londres. Que no tardaría en oír en su móvil la dubitativa voz nerviosa de un colega. *Ah, Fiona, mira, lo lamento muchísimo, pero me temo que debo advertirte de que, hum, ha surgido algo.* Después, aguardando su regreso a Gray's Inn, una carta formal del funcionario que investigaba las quejas contra los magistrados.

Pulsó dos teclas para llamar al móvil de su marido. Huyendo de un beso, corriendo asustada en busca de la cobertura de una mujer casada de cierta reputación, cierta solidez. Hizo la llamada sin pensarlo, por costumbre, apenas consciente de cómo estaban las cosas entre ella y Jack. Cuando oyó su vacilante «hola», la acústica le desveló que él estaba en la cocina. Sonaba la radio, quizá Poulenc. Las mañanas de sábado siempre desayunaban, siempre habían desayunado temprano, aunque era un desayuno indolente, un despliegue de periódicos, Radio Tres en sordina, café, *pain aux raisins* caliente de Lamb's Conduit Street. Jack llevaría puesta su bata de seda con estampado de cachemira. Despeinado y sin afeitar.

Con un cuidadoso tono neutro, él le preguntó si todo iba bien. Cuando ella le dijo «muy bien», le sorprendió lo natural que se notaba a sí misma. Empezó a improvisar con facilidad, justo cuando Pauling, con un suspiro satisfecho, recordó un atajo y escapó del atasco. Bastante convincente, para una buena ama de casa, recordarle a Jack la fecha de su regreso a final de mes, y normal, o antes lo había sido, sugerirle que la noche en que volviera a casa deberían salir a cenar juntos. El restaurante que les gustaba cercano a su casa a menudo estaba lleno. Quizá él pudiera reservar mesa enseguida. A él le pareció una buena idea. Le oyó reprimir la sorpresa en su voz, mantenerla limpiamente entre la efusión y la distancia. Jack volvió a preguntarle si todo estaba en orden. La conocía demasiado bien y estaba claro que ella no se mostraba tan natural. Aligerando el énfasis, ella dijo que todo iba perfectamente. Intercambiaron unas pocas frases sobre el trabajo. La llamada concluyó con el adiós cauteloso de Jack, que sonó casi como una pregunta. Pero había dado resultado. Rescatada de ensueños paranoicos, retornaba a la realidad de un arreglo, una cita, una relación que mejoraba. Se sintió más protegida y en conjunto más prudente. Si hubiera habido una queja contra ella, para entonces ya se habría enterado. Estaba bien haber telefoneado y haber desencallado las cosas a partir de aquel indefinible momento del desayuno. Convenía recordar que el mundo nunca era como ella inquietamente lo soñaba. Una hora después, cuando el coche iniciaba el lento avance por la congestionada A69 hacia Carlisle, estaba absorta en documentos jurídicos.

Así fue como, dos semanas más tarde, completado el circuito y administrada más justicia en cuatro ciudades del norte, se encontró sentada frente a su marido a una mesa en un rincón tranquilo de un restaurante de Clerkenwell. Entre ellos había una botella de vino, pero la bebían con precaución. No iba a haber un súbito arranque en busca de intimidad. No abordaron la cuestión que podría haberles destruido. Él le hablaba con una torpe delicadeza, como si ella fuera una especie de bomba insólita que pudiera estallar en mitad de una frase. Ella le preguntó por el trabajo, por su libro sobre Virgilio, una introducción y una antología, un libro de texto para colegios y universidades de «todo el mundo» que él creía, conmovedoramente, que le reportaría reputación. Fiona, nerviosa, le hizo una pregunta tras otra, a sabiendas de que parecía que lo estuviera entrevistando. Tuvo la esperanza de verle como si fuera la primera vez, de verle como un desconocido, como muchos años antes, cuando se enamoró de él. No era fácil. La voz de Jack, sus rasgos eran tan conocidos como los de ella misma. La cara de su marido tenía una expresión dura, angustiada. Atractiva, desde luego, pero no para ella en aquel momento. Sus manos, que descansaban encima de la mesa, junto a su copa, no se disponían a cogerle una de las suyas, al menos eso esperaba ella.

Hacia el final de la cena, cuando ya habían agotado los temas más seguros, se instauró un silencio amenazador. Habían perdido el apetito, no probaron los postres ni consumieron la mitad del vino. Una tácita recriminación mutua les turbaba. La insolente escapada de él perduraba en el pensamiento de ella; en el de Jack, supuso, su exagerada reacción ofendida. Con un tono forzado, él empezó a hablarle de una conferencia sobre geología a la que había asistido la noche anterior. Versó sobre el hecho de que la secuencia de estratos de roca sedimentaria podía leerse como un libro de la historia de la tierra. Como conclusión, el conferenciante se permitió algunas especulaciones. Dentro de cien millones de años, cuando gran parte de los océanos se hubiesen hundido en el manto de la tierra y no hubiera en la atmósfera dióxido de carbono suficiente para sustentar a las plantas y la superficie del planeta fuese un desierto rocoso sin vida, ¿qué pruebas de la existencia de nuestra civilización encontraría un geólogo extraterrestre que nos visitara? A unos pocos centímetros por debajo del suelo, una gruesa línea oscura en la roca nos separaría de todo lo que había habido previamente. Condensados en esa capa fuliginosa de unos quince centímetros estarían nuestras ciudades, vehículos, carreteras, puentes, armas. Además, toda clase de

175

compuestos químicos que no existían en el anterior registro geológico. El cemento y el ladrillo se erosionarían con tanta facilidad como la piedra caliza. Nuestro mejor acero se convertiría en una mancha ferrosa que se desmenuzaba. Un examen microscópico más detallado quizá revelase una preponderancia de polen procedente de las monótonas praderas que habíamos creado para alimentar a una gigantesca población de ganado. Con suerte, el geólogo podría encontrar huesos fosilizados, incluso nuestros. Pero los animales, incluidos todos los peces, apenas representarían una décima parte del peso de todas las ovejas y vacas. Se veía obligado a concluir que estaba contemplando el comienzo de una extinción masiva en la que la variedad de la vida había empezado a disminuir.

Jack llevaba cinco minutos hablando. Estaba oprimiendo a Fiona con el peso de un tiempo sin sentido. A él le animaba el inimaginable desierto de los años, el fin inevitable. Pero a ella no. Una desolación se estaba asentando a su alrededor. Sentía su opresión en los hombros y debajo, a lo largo de las piernas. Cogió la servilleta de las rodillas, la dejó encima de la mesa, un gesto de rendición, y se levantó.

Él estaba diciendo, como maravillado:

—De este modo estamos firmando con nuestros nombres en el registro geológico.

—Creo que deberíamos pedir la cuenta —dijo ella, y atravesó a paso ligero el restaurante para ir a los servicios de señoras, donde se plantó delante del espejo con los ojos cerrados y un peine en la mano por si entraba alguien, y respiró profunda y lentamente varias veces.

El deshielo no era rápido ni lineal. Al principio había sido un alivio no evitarse mutuamente sin cohibición en el piso, no estar compitiendo en fría cortesía de aquel modo asfixiante. Comían juntos, empezaban a aceptar invitacio nes a cenar con amigos, conversaban: sobre todo del trabajo. Pero él seguía durmiendo en la habitación de invitados, y se trasladó de nuevo al sofá de la sala cuando llegó de visita un sobrino de diecinueve años.

Finales de octubre. Los relojes se atrasaron, indicando el tramo final de un año consumido, y se instauró la oscuridad. Durante unas semanas se desarrolló entre ella y Jack un nuevo estancamiento que parecía casi tan sofocante como antes. Pero ella estaba atareada y demasiado cansada por las noches para iniciar los exigentes diálogos que podrían conducirles a una nueva etapa. A la habitual carga de trabajo en el Strand, se sumó la presidencia de un comité sobre nuevos procedimientos judiciales y la participación en otro para responder a un Libro Blanco sobre la reforma del derecho de familia. Si tenía fuerzas después de la cena practicaba sola el piano, como una preparación de los ensayos con Mark Berner. Jack también estaba ocupado, sustituía a un colega enfermo en la universidad y en casa se enfrascaba en la larga introducción a la antología de Virgilio.

El abogado que organizaba las celebraciones navideñas en el Great Hall les había dicho a Fiona y a Berner que habían sido elegidos para la obertura del concierto. Tocaría a lo sumo unos veinte minutos, dejando como máximo cinco minutos para un bis. Tiempo suficiente para su selección de *Les nuits d'été* de Berlioz y una canción de Mahler entresacada de las *Rückert-Lieder*, «Estoy perdido en el mundo». El coro de Gray's Inn cantaría piezas de Monteverdi y Bach, seguidas por otras de Haydn interpretadas por un cuarteto de cuerda. Una amplia minoría de magistrados de Gray's Inn pasaba muchas veladas del año escuchando con una intensa concentración música de cámara en Marylebone, en el Wigmore Hall. Conocían el repertorio. Se decía que captaban una nota falsa antes de que la tocasen. Allí, aunque antes del concierto servirían vino, y la atmósfera en general, al menos exteriormente, sería indulgente, los niveles de exigencia eran punitivamente altos para los aficionados. Algunas noches Fiona se despertaba antes del alba y se preguntaba si esta vez estaría a la altura, si habría algún modo de eludir el compromiso. Pensaba que le faltaba concentración, y la pieza de Mahler era difícil. Tan lánguidamente lenta y equilibrada. La pondría a prueba. Y el anhelo alemán de olvido la incomodaba. Pero Mark ardía en deseos de tocar. Su matrimonio se había roto dos años antes. Ahora, según Sherwood Runcie, había una mujer en su vida. Fiona supuso que estaría entre el público y Mark estaba ansioso de impresionarla. Hasta le había pedido a Fiona que se aprendiera las partituras de memoria, pero ella le dijo que eso estaba fuera de su alcance. Sólo había memorizado sus tres o cuatro pequeños bises.

A finales de octubre encontró en el correo de la mañana que llegaba a los juzgados un familiar sobre azul. Pauling estaba en el despacho en aquel momento. Para ocultar sus sentimientos, una mezcla de emoción y vago miedo, Fiona se llevó la carta a la ventana y fingió interesarse por el patio de abajo. Cuando Pauling se marchó, sacó del sobre la única hoja de papel que había dentro, doblada en cuatro y cortada por el borde inferior, y que contenía un poema inconcluso. El título figuraba en letras mayúsculas, subrayadas dos veces. «LA BALADA DE ADAM HENRY». La letra era pequeña, el poema era largo y desbordaba de la página. No iba acompañado de una carta. Echó una ojeada al primer verso, no lo entendió y dejó la hoja. Media hora después tenía un caso difícil, una serie de complicadas demandas y reconvenciones conyugales que habrían de absorber dos semanas de su vida. Los dos consortes se proponían seguir siendo sumamente ricos a expensas del otro. No era momento para poesías.

Transcurrieron dos días hasta que volvió a abrir el sobre. Eran las diez de la noche. Jack estaba en otra conferencia sobre capas sedimentarias, o eso dijo él, y ella prefería creerle. Se tumbó en su diván y desplegó la hoja rasgada sobre su regazo. Le parecieron ripios de los que se escriben en las felicitaciones de cumpleaños. Luego se forzó a adoptar un estado de ánimo más receptivo. Era una balada, al fin y al cabo, y Adam sólo tenía dieciocho años.

LA BALADA DE ADAM HENRY

Tomé mi cruz de madera y la arrastré por el arroyo.
Yo era joven e insensato y obcecado por un sueño
de que la penitencia era una bobada y los fardos para bobos.
Pero los domingos me habían dicho que viviera según normas.

Las astillas me cortaban el hombro, la cruz pesaba como plomo,
mi vida era estrecha y piadosa y casi estaba muerto,
el arroyo era un baile alegre y la luz del sol bailaba en derredor
pero yo tenía que seguir andando con los ojos clavados en el suelo.

Entonces saltó del agua un pez con un arcoíris en las escamas.
Perlas de agua bailaban y colgaban de regueros de plata.
«¡Lanza la cruz al agua si quieres ser libre!»
Y yo arrojé mi carga al río a la sombra del ciclamor.

De rodillas en la orilla de aquel río, en un trance de éxtasis
recibí su dulcísimo beso mientras ella se inclinaba sobre mi hombro.
Pero ella buceó hasta el fondo gélido donde nunca la hallarán
y yo lloré a mares hasta que oí de las trompetas el sonido.

Y Jesús de pie en el agua me dijo:
«Ese pez era la voz de Satanás y tienes que pagar el precio.
Su beso era el beso de Judas, su beso traicionó mi nombre.
Que quien

¿Que quien qué? Las últimas palabras del verso final se perdían en una madeja de trazos inseguros que delataban cambios de idea en palabras tachadas y recuperadas y en otras variantes con signos de interrogación. En vez de intentar descifrar esta maraña, releyó el poema y se recostó con los ojos cerrados. Le preocupaba que él estuviera enfadado con ella, que la representara como Satanás, y empezó a soñar despierta una carta de respuesta que sabía que no echaría al correo o que ni siquiera escribiría. Sentía el impulso tanto de apaciguar a Adam como de justificarse ella. Invocó insulsas frases hechas. *Tuve que alejarte, Fue por tu bien, Tienes que vivir tu propia vida.* Luego, más coherentes, *Aunque tuviéramos la habitación, no podrías ser nuestro inquilino. Para una jueza simplemente eso no es posible.* Añadió: *Adam, yo no soy Judas. Quizá una vieja bruja...* Esta última frase pretendía suavizar una feroz voluntad de justificarse.

Su «dulcísimo beso» había sido temerario y ella no había salido bien parada, no por lo que respectaba a Adam. Pero no contestar a su carta era un acto bondadoso. Él le respondería a vuelta de correo, se presentaría en su puerta y una vez más tendría que rechazarle. Dobló la hoja para meterla en el sobre, lo llevó al dormitorio y lo guardó en el cajón de su mesilla. Él pronto seguiría su camino. Habría retornado a la religión o a Judas, Jesús y lo demás eran artificios poéticos para dramatizar la horrible conducta de Fiona, que le había besado para luego expulsarle a bordo de un taxi. En cualquier caso, Adam Henry probablemente aprobaría con brillantez sus exámenes pospuestos y entraría en una buena universidad. Ella iría desapareciendo de su memoria y pasaría a ser una figura secundaria en el proceso de su educación sentimental.

Estaban en un cuartito desnudo del sótano de debajo del bufete de Mark Berner. Nadie recordaba cómo había ido a parar allí un piano vertical Grotrian-Steinweg, nadie lo había reclamado durante veinticinco años, nadie había pensado en trasladarlo a otro sitio. Había rasguños y quemaduras de cigarrillo en la tapa, pero el mecanismo era bueno y el tono aterciopelado. Fuera estaban bajo cero y el primer palmo de nieve de la estación se asentaba pintoresco sobre Gray's Inn Square. Allí, en lo que llamaban la habitación de ensayos, no había radiadores, pero algunos bajantes, entre un despliegue de tempranas cañerías victorianas, adosadas contra una pared, desprendían un calor débil y constante que casualmente mantenía afinado el instrumento. El suelo, que databa de los años sesenta, estaba revestido de tiras de pana fina, manchadas de café, que en otro tiempo habían estado pegadas sobre el cemento. Ahora los bordes se levantaban, rebeldes. Era fácil tropezar. La luz provenía de una cegadora bombilla desnuda de 150 vatios atornillada en el techo bajo. Mark llevaba algún tiempo hablando de ponerle una pantalla. Aparte de un atril y un taburete de piano, el único mobiliario consistía en una frágil silla de cocina sobre la que se amontonaban sus abrigos y bufandas.

Fiona estaba sentada ante el teclado, con las manos enlazadas sobre el regazo para calentarlas, y miraba la partitura que tenía delante, *Les nuits d'été*, en un arreglo para piano y voz de tenor. En algún lugar de la sala de Fiona había un disco antiguo de vinilo de Kiri Te Kanawa. Hacía años que no lo había visto. Y ahora no les sería útil. Tenían que ponerse a trabajar urgentemente porque hasta entonces sólo habían hecho dos ensayos. Pero Mark había estado en el tribunal la víspera y estaba todavía furioso y necesitaba decirle a Fiona por qué. Y lo que tenía pensado hacer en el futuro, porque dejaba la abogacía. Estaba harto. Demasiado triste, demasiado estúpido, un desperdicio excesivo de vidas jóvenes. Una amenaza antigua y gratuita, pero mientras tiritaba sentada se sintió obligada a escucharle. Aun así, no podía dejar de mirar la obertura, la «Villanelle», los acordes que se repetían suavemente, de pulsar las corcheas en staccato o de imaginar la dulce melodía o de forjar su propia traducción prosaica de la primera línea de Gautier:

Cuando llegue el cambio de estación, cuando los fríos hayan desaparecido...

El caso de Berner consistía en una reyerta de cuatro jóvenes en la entrada de un pub cerca de Tower Bridge con otros cuatro a los que habían encontrado por casualidad. Los ocho habían bebido. Sólo los cuatro primeros fueron detenidos e imputados. El jurado les declaró culpables de causar graves y deliberadas lesiones corporales y había aceptado el argumento del fiscal de que a los acusados había que tratarlos sobre la base de una acción conjunta, de que, con independencia de lo que había hecho cada uno, había que juzgarles por igual. Todos estaban implicados. Tras el veredicto, emitido una semana antes de la sentencia, el juez de Southwark, Christopher Cranham, había advertido a los enjuiciados que esperasen severas penas de cárcel. En este estadio Mark Berner fue contratado por parientes inquietos de uno de los cuatro, Wayne Gallagher. Hicieron una colecta entre familiares y amigos y con una inteligente recaudación colectiva online consiguieron reunir las veinte mil libras necesarias. Confiaban en que un letrado de prestigio expusiera atenuantes convincentes antes de que Gallagher fuera condenado. Despidieron a un abogado de oficio perfectamente competente, aunque mantuvieron al procurador.

El cliente de Berner era un joven de veintitrés años natural de Dalston, un muchacho algo soñador cuyo defecto principal era su carácter pasivo. Y la incapacidad de respetar una cita. Su madre era alcohólica y drogadicta; el padre, que tenía problemas similares, había estado casi siempre ausente de la infancia de Wayne, víctima de un abandono caótico. Amaba a su madre e insistía en que ella le amaba a él. Nunca le había pegado. Wayne había pasado gran parte de su adolescencia cuidándola y faltaba mucho a clase. Dejó los estudios a los dieciséis años, tuvo empleos no cualificados: en una fábrica desplumando pollos, de bracero, en un almacén, metiendo publicidad comercial en buzones. Nunca se había acogido al paro ni solicitado una subvención para el alquiler de la vivienda. Cinco años antes, cuando tenía dieciocho años, una chica le había acusado falsamente de violarla, pasó un par de semanas en una cárcel para jóvenes delincuentes y después le pusieron un brazalete electrónico y le sometieron a un estricto control horario durante seis meses. Los mensajes de un móvil aportaban una prueba fehaciente de que la relación sexual había sido consentida, pero la policía se negó a investigar. Tenía objetivos que cumplir en los casos de violación. Gallagher era el individuo ideal para ellos. El primer día del juicio, el testimonio incriminatorio de la mejor amiga de la denunciante demolió la acusación. La presunta víctima esperaba obtener dinero del fondo de indemnizaciones para personas que habían sufrido agresiones violentas. Tenía muchas ganas de comprarse un nuevo videojuego. Había enviado un sms a su amiga para comunicarle este proyecto. Testigos oculares vieron al fiscal tirar su peluca al suelo y rezongar: «¡Estúpida!»

—Otra mancha en los antecedentes de Gallagher —dijo

Berner– era que a los quince años le había arrebatado el casco a un policía. Una travesura idiota. Pero en su expediente constaba como «agresión a un agente de policía». *La primavera ha llegado, querida. Es el sagrado mes de los amantes.* Berner estaba delante del atril, junto al codo izquierdo de Fiona. Con sus vaqueros ceñidos y su jersey de cuello alto, los dos de color negro, a ella le recordaba un beatnik anticuado. Una impresión sólo modificada por las gafas de leer que él llevaba colgadas de un cordón alrededor del cuello.

–¿Sabes?, cuando Cranham les dijo a los chicos lo que les esperaba, dos de ellos dijeron que querían empezar a cumplir su pena inmediatamente. Mansos como corderos, pavos haciendo cola para el horno. Así que Wayne tuvo que entrar con ellos en la cárcel, aunque quería estar con su compañera una última semana. Ella acababa de tener un hijo. Conque tuve que hacer todo el trayecto hasta aquel cuchitril, más allá del este de Londres, para verle. Hasta Thamesmead.

Fiona pasó la página de la partitura.

–He estado allí –dijo–. Es un barrio mejor que la mayoría.

Ven, pues, hasta el musgo de esta orilla y hablemos de nuestro amor maravilloso...

–Escucha esto –dijo Berner–. Cuatro chicos londinenses. Gallagher, Quinn, O'Rourke, Kelly. Irlandeses de tercera o cuarta generación. Acento de Londres. Todos fueron a la misma escuela. A una bastante aceptable para alumnos de todos los niveles de aptitud. El agente que les detuvo vio los nombres y decidió que eran unos maleantes. Por eso no se molestó en perseguir a los otros cuatro. Por eso la fiscalía se decantó por el concepto de acción conjunta. Lo utilizan para las bandas. Muy pulcro. Una buena batida, limpia y negligente.

–Mark –murmuró ella–. Deberíamos ponernos a ensayar.

–Casi he terminado.

Resultó que la pelea fue filmada por dos cámaras de un sistema de videovigilancia.

–Los ángulos eran perfectos. Se les veía a todos. Y en colores apagados. Una escena puñeteramente nítida. Martin Scorsese no lo habría hecho mejor.

Berner dispuso de cuatro días para reflexionar sobre el caso, para ver una y otra vez el DVD y memorizar los movimientos cambiantes de una reyerta de ocho minutos captada desde dos posiciones de cámara, para aprenderse de memoria cada paso de su cliente y de los otros siete. Observó el primer contacto de los contrincantes sobre la ancha acera, entre una tienda cerrada y una cabina de teléfono, un airado intercambio verbal, unos cuantos empujones, gente que saca pecho, fanfarronería masculina, el grupo amorfo oscilando hacia un lado u otro, que en un momento dado se saltó el bordillo e invadió la calzada. Una mano agarraba un antebrazo, el pulpejo de otra mano empujaba un hombro. Entonces Wayne Gallagher, que estaba en la retaguardia del grupo, levantó un brazo y, por desgracia para él, asestó el primer golpe, al que siguió otro. Pero tenía el puño demasiado alto, estaba demasiado rezagado, la lata de cerveza en su otra mano le entorpecía los movimientos. Sus puñetazos no tenían fuerza y el destinatario apenas los notó. Ahora el grupo confuso se dividió en dos. En este momento, Gallagher, que seguía en la periferia del altercado, lanzó la lata de cerveza. La tiró sin levantar el brazo por encima del hombro. El receptor se cepilló de la solapa las manchas de cerveza. En represalia, uno de los otros cuatro se dio media vuelta y le estampó a Gallagher un puñetazo en la cara que le partió el labio y puso fin a su participación en la trifulca. Se quedó inmóvil, atontado, y después se apartó de la pelea, fuera del alcance de las cámaras.

La gresca continuó sin él. Intervino uno de sus amigos de la escuela, O'Rourke, y de un solo golpe tumbó al que había golpeado a Gallagher. En cuanto el chico estuvo en el suelo, otro amigo, Kelly, le pateó y le fracturó la mandíbula. Medio minuto más tarde fue derribado otro contendiente y esta vez fue Quinn el que le rompió la mejilla a patadas. Cuando llegó la policía, el chico que había golpeado a Gallagher se puso en pie y corrió a esconderse en el apartamento de su novia. Tuvo miedo de que le echaran del trabajo si le detenían.

Fiona miró su reloj:

—Mark...

—Casi he acabado, señoría. El hecho es que mi hombre se limitó a quedarse esperando a la policía. Con la cara cubierta de sangre. Tan agredido como agresor, etc. Hubo huesos rotos, es decir, lesiones graves. La policía acusó a los cuatro de diversos delitos. Pero en el tribunal, la fiscalía se empeñó en la acción conjunta y la condena para el grado dos de lesiones graves, que es de cinco a nueve años. Lo mismo de siempre. Mi cliente no participó en aquellos actos de violencia. Estaba a punto de que le condenaran por delitos que otros habían cometido y de los que ni siquiera le habían acusado. Se había declarado inocente. Debería haber admitido una alteración del orden público, pero yo no estaba para aconsejarle. El abogado de oficio tendría que haber mostrado al jurado la foto que sacó la policía de su cara ensangrentada. En cualquier caso, el chico con la mandíbula fracturada se negó a presentar una

186

denuncia. Compareció en el tribunal como testigo de la fiscalía. Dijo que no entendía aquel jaleo. Le dijo al juez que no había necesitado tratamiento, que se había ido a España de vacaciones dos días después de la pelea. El primer par de días tuvo que sorber su vodka a través de una paja. Fin de la historia: sus palabras textuales. Está en la transcripción del juicio.

Mientras seguía escuchando, Fiona extendió los dedos sobre un acorde, pero no lo tocó. *Volvamos a casa, cargados de fresas salvajes.*

–Evidentemente, no pude hacer nada contra el veredicto del jurado. Hablé durante setenta y cinco minutos, intentando separar a Wayne de los demás para que le impusieran el grado tres de lesiones, al que corresponde una condena de tres a cinco años. Además, sostuve con argumentos sólidos que la ley debía a mi cliente seis meses de libertad por el infundado delito de violación. Entonces habría podido conseguir una sentencia en suspenso, que era lo que merecía toda aquella majadería. Los otros tres abogados de oficio hablaron diez minutos cada uno en defensa de sus clientes. Cranham recapituló. El cabronazo holgazán. Vale, grado tres, gracias a Dios, pero quiso aplicar el concepto de acción conjunta y se olvidó por completo de tener en cuenta lo que yo había dicho sobre el tiempo que la ley debía a mi cliente. Les condenó a todos a dos años y medio. Holgazán y avieso. Pero entre el público los padres de los demás sollozaban de alivio. Se esperaban cinco años como mínimo. Supongo que les hice un favor a todos ellos.

–El juez debe utilizar su criterio para no aplicar las directrices –dijo Fiona–. Considérate afortunado.

–No se trata de eso, Fiona.

–Empecemos. Tenemos menos de una hora.

–Escúchame hasta el final. Es mi discurso de dimisión. Todos esos chicos tenían trabajo. ¡Son contribuyentes, por el amor de Dios! Mi cliente no hizo nada malo. Aunque no lo parezca, vistos sus antecedentes, en la práctica iba a ser un padre de familia. Kelly dirigía en su tiempo libre un equipo joven de futbolistas. O'Rourke trabajaba los fines de semana para una organización benéfica contra la fibrosis quística. No agredieron a unos transeúntes inocentes. Fue una refriega delante de un pub. Ella levantó la vista de la partitura.

–¿Una mejilla rota?

–De acuerdo. Una reyerta. Entre adultos de mutuo acuerdo. ¿De qué sirve llenar las cárceles con chicos así? Gallagher soltó dos puñetazos inofensivos y lanzó una lata de cerveza casi vacía. Dos años y medio. Para siempre en su expediente una condena por lesiones graves por delitos de los que no fue acusado. Le van a mandar a Isis, la cárcel para delincuentes juveniles, ya sabes, dentro de los muros de Belmarsh. He estado allí unas cuantas veces. El sitio web dice que tienen una «academia de aprendizaje». ¡Una auténtica mierda! He tenido clientes encerrados en las celdas veintitrés horas al día. Los cursos se cancelan todas las semanas. Por falta de personal, dicen. Cranham, con su fatiga simulada, fingiendo que es demasiado irritable para escuchar a alguien. ¿Qué le importa a él lo que les suceda a esos chicos? Arrojados a esos vertederos donde se avinagran y aprenden a ser criminales. ¿Sabes cuál fue mi mayor error?

–¿Cuál?

–Traté de sostener que era un caso de euforia alcohólica. La violencia fue de mutuo acuerdo. «Si estos cuatro caballeros hubieran sido miembros del Bullingdon Club de Oxford no estarían ante su señoría ahora.» Tuve una corazonada horrible y cuando llegué a mi casa busqué a Cranham en *Who's Who*. ¿A que no adivinas?

–Oh, Dios. Mark, necesitas unas vacaciones.

–Acéptalo, Fiona. Es una puñetera guerra de clases.

–Y en el departamento de Familia todo es champán y *fraises des bois*.

Sin esperar más, empezó a tocar los diez compases de la introducción, los acordes suavemente insistentes. Por el rabillo del ojo vio que él se estaba poniendo las gafas de lectura. Después su hermosa voz de tenor, obedeciendo a la anotación *dolce* del compositor, se expandió dulcemente.

> *Quand viendra la saison nouvelle.*
> *Quand auront disparu les froids...*

Durante cincuenta y cinco minutos se olvidaron de las leyes.

En diciembre, el día del concierto, volvió a casa del tribunal a las seis y se apresuró a ducharse y cambiarse. Oyó a Jack en la cocina y le saludó según pasaba hacia el dormitorio. Él estaba inclinado sobre la nevera y le respondió con un gruñido. Cuarenta minutos más tarde salió al pasillo con un vestido negro de seda y unos zapatos de charol de tacón alto. Le permitían un buen manejo de los pedales. Llevaba un sencillo collar de plata. Se había perfumado con Rive Gauche. El equipo de alta fidelidad de la sala, rara vez encendido, emitía música de piano de un disco antiguo de Keith Jarrett, *Facing You*. El primer tema. Se detuvo a escuchar en la puerta del dormitorio. Hacía mucho tiempo que no oía aquella melodía vacilante, parcialmente lograda. Había olvidado la fluidez con que adquiría confianza y cobraba vida cuando la mano izquierda se zambullía en un bailoteo extrañamente alterado que se convertía en una fuerza incontenible, como una locomotora de vapor que acelera. Sólo un músico de formación clásica liberaba a sus manos entre sí como Jarrett. Al menos ésa era la opinión parcial de Fiona.

Jack le estaba enviando un mensaje, porque aquel álbum era uno de los tres o cuatro que formaban la banda sonora de su lejano noviazgo. Eran los días, después de los exámenes finales y la representación de *Antonio y Cleopatra* por un elenco compuesto exclusivamente por mujeres, en que él la convenció de que se quedara primero una, luego docenas de noches en la habitación del desván, con la claraboya orientada hacia el este. En que ella comprendió que éxtasis sexual era algo más que una palabra ampulosa. En que gritó de placer por primera vez desde que tenía siete años. Se había dejado caer hacia atrás sobre un espacio remoto y despoblado, y más tarde, acostados en la cama, el uno al lado del otro, con las sábanas hasta la cintura como estrellas de cine después del coito, se rieron del estruendo que ella había hecho. Por suerte no había nadie en el apartamento de debajo. Él, el melenudo y calmoso Jack, le dijo que era el mayor cumplido que nunca le habían hecho. Ella le dijo que no se imaginaba el modo de recobrar las fuerzas, en la columna, en los huesos, para volver a donde había estado. No, si quería regresar viva. Pero volvió, a menudo. Era joven.

Fue en esta época, si no estaban acostados juntos, cuando él pensó que podría seducirla aún más por medio del jazz. Él admiraba su forma de tocar pero quería liberarla de la tiranía de la notación estricta y el genio muerto desde hacía mucho tiempo. Tocó para ella «Round Midnight» de Thelonius Monk y le compró la partitura. No era difícil tocarla. Pero la versión de Fiona, uniforme y átona, sonaba como una pieza vulgar de Debussy. Ha estado bien, le dijo Jack. Los grandes maestros del jazz le adoraban y aprendían de él. Ella escuchó de nuevo, se empeñó, tocó lo que tenía delante pero no sabía interpretar jazz. No poseía cadencia ni instinto para la síncopa, ninguna libertad, sus dedos obedecían, embotados, al compás y a las notas tal como estaban escritas. Por eso estudiaba Derecho, le dijo a su amante. Por respeto a las reglas.

Desistió, pero aprendió a escuchar y fue Keith Jarrett al que más llegó a admirar, por encima de todos los demás. Levó a Jack a un concierto suyo en el Coliseo de Roma. La soltura técnica, la emanación espontánea de invención lírica era tan copiosa como la de Mozart, y allí estaba de nuevo al cabo de tantos años, todavía la dejaba clavada en su sitio y le recordaba lo lúdicos que habían sido Jack y ella en otro tiempo. La música había sido astutamente escogida.

Recorrió el pasillo y se detuvo de nuevo en la entrada de la sala. Él había estado trajinando. Un par de lámparas con bombillas fundidas desde tiempo atrás encendían de nuevo. Varias velas alrededor de la habitación. Las cortinas corridas contra la llovizna de la noche invernal y, por primera vez desde hacía más de un año, un fuego llameante en la chimenea, tanto de leños como de carbón. Jack estaba de pie a su lado, con una botella de champán en la mano. Delante de él, en una mesa baja, un plato de *prosciutto*, aceitunas y queso.

Llevaba un traje negro y una camisa blanca sin corbata. Todavía estiloso. Se acercó, le puso en la mano una copa de champán y se sirvió la suya. Cuando las alzaron para entrechocarlas, su expresión era severa.

–No tenemos mucho tiempo.

Ella entendió que él quería decir que enseguida tendrían que ir andando hacia el Great Hall. Era una insensatez beber antes de un concierto, pero a Fiona no le preocupó. Dio un segundo trago y le siguió hasta el fuego. Jack le ofreció el plato, ella cogió un trozo de parmesano y se quedaron a ambos lados de la chimenea, apoyados en el manto. Como ornamentos gigantes, pensó ella.

–Quién sabe cuánto –dijo él–. No muchos años. O empezamos a vivir de nuevo, a vivir de verdad, o renunciamos y aceptamos la desdicha desde ahora hasta el final.

Un viejo tema suyo. *Carpe diem.* Ella levantó la copa y dijo solemnemente:

–Por vivir otra vez.

Advirtió el ligero cambio en el semblante de Jack. Alivio y, más allá, algo más intenso. Él volvió a llenarle la copa.

–A propósito de lo cual, tu vestido es fantástico. Estás preciosa.

–Gracias.

Se sostuvieron la mirada hasta que ya no hubo otra cosa que hacer que aproximarse y besarse. Se besaron de nuevo. La mano de Jack descansaba levemente en la región lumbar de Fiona, y no la desplazó hacia su muslo como acostumbraba a hacer. Procedía por etapas, y a ella la conmovió su delicadeza. Si un gran compromiso musical y social no se lo hubiera impedido, no dudaba de adónde les habría llevado aquel deshielo. Pero la partitura estaba a la espalda de Fiona en el diván y su deber era permanecer enteramente vestida. De modo que se apretaron muy fuerte y volvieron a besarse y después se separaron, levantaron las copas, las entrechocaron en silencio y bebieron. Él cerró la botella de champán con un ingenioso tapón de resorte que ella le había regalado muchas navidades antes.

–Para más tarde –dijo, y se rieron.

Cogieron sus abrigos y salieron. Para mantener el equilibrio sobre los tacones, Fiona fue caminando hasta la sala del brazo de su marido, debajo del paraguas que él sostenía galantemente encima de su cabeza, pero no de la de él.

–Tú eres la intérprete –dijo–. Tú eres la que llevas el vestido de seda.

Un fragor de cháchara y carcajadas anunció a un público compuesto por unas ciento cincuenta personas en pie con sus copas de vino. Las sillas estaban colocadas pero nadie se había sentado todavía, el piano Fazioli y un atril ocupaban el escenario. Miembros del Gray's, letrados, casi todo el ambiente profesional y social se había congregado en el mismo sitio. Durante más de treinta años había trabajado con y contra docenas de las personas presentes. Diversas eminencias, muchas de ellas externas, del Lincoln's o el Inner o el Middle Temple: el propio presidente del Tribunal Supremo, algunos miembros del Tribunal de Apelación, dos magistrados del Supremo, el fiscal general, una veintena de abogados de renombre. Los ejecutivos de la ley, que decidían destinos y privaban de libertad a ciudadanos, tenían un desarrollado sentido del humor y la pasión de hablar de su trabajo. El ruido era ensordecedor. Pocos minutos después, ella y Jack se habían perdido de vista. Alguien se acercó a él para pedirle ayuda con respecto a una frase o un texto en latín. A ella la llevaron a un corro de chismorreo sobre un amigo excéntrico del Master of the Rolls.[1] Fiona apenas necesitó moverse

1. Cargo sin equivalencia en la judicatura española, el Master of the Rolls es el segundo magistrado superior de Inglaterra y Gales (el primero es el presidente del Tribunal Supremo) y dirige la sala civil del Tribunal de Apelación. *(N. del T.)*

de donde estaba. Se le acercaban amistades para abrazarla y desearle suerte, y otras personas le estrechaban la mano. Había sido un golpe maestro de Pension, el comité de magistrados del Gray's Inn, permitir que los conciertos fueran precedidos por una recepción. Fiona confiaba en que el vino mitigase las facultades críticas de la facción de Wigmore Hall.

Se sentía demasiado bien para rechazar la copa que le ofreció un camarero que pasaba con una bandeja de plata. Al coger la copa avistó a Mark Berner, agitando un dedo admonitorio a una distancia de unos quince metros y cien personas. Tenía razón, por supuesto. Ella levantó la copa hacia él y dio un sorbo. Un amigo, incondicional del Queen's Bench, la guió hacia el encuentro con un abogado «brillante» que resultó ser su sobrino. Observada por el orgulloso tío, Fiona hizo unas preguntas obsequiosas a un joven delgado que sufría un penoso tartamudeo. Estaba empezando a desear una compañía más animada cuando se abrió paso hasta ella una antigua amiga del Middle Temple que la abrazó y se la llevó hasta un círculo de jóvenes abogadas turbulentas que le dijeron, aunque de un modo jocoso, que no les daban casos de calidad. Se los daban a los hombres.

Unos ujieres pasaban entre la gente anunciando que el concierto estaba a punto de empezar. La gente se dirigía con desgana hacia las sillas. Al principio resultaba difícil cambiar el cotilleo y un buen vino por una música solemne. Pero estaban recogiendo las copas y el ruido disminuía. Fiona se encaminaba hacia los escalones de la esquina derecha del escenario cuando sintió en el hombro el tacto de una mano y se volvió. Era Sherwood Runcie, el del caso Martha Longman. Por alguna razón, llevaba una corbata negra. El uniforme daba a los hombres de cierta edad y abultada barriga un aire lastimoso y atrapado. Puso la mano en el brazo de Fiona, queriendo comunicarle un asunto de interés para ella que no habían publicado los periódicos. Se inclinó para oír lo que le decía Sherwood. Tenía el pensamiento concentrado en el concierto, ya se le aceleraban los latidos y le costaba prestar atención a lo que estaba oyendo, aunque creyó que lo había captado. Justo en el momento en que le pedía al juez que lo repitiera, cayó en la cuenta de que tenía a Mark delante, que se volvía para hacerle señas de impaciencia. Ella se enderezó, dio las gracias a Runcie y siguió al tenor hacia el escenario.

Cuando estaban al pie de los escalones, aguardando a que el público se acomodara y a que les diesen la señal de comenzar, él dijo:

–¿Estás bien?

–Muy bien. ¿Por qué?

–Estás pálida.

–Hum.

Automáticamente, se tocó el pelo con las yemas de los dedos de una mano. En la otra tenía la partitura. La apretó más fuerte. ¿Parecía alterada? Hizo el recuento de lo que había bebido. Nada más que tres sorbos del vino blanco contra el cual le había prevenido Mark. En total, unas dos copas. Se encontraría bien. Él la encaminó hacia los peldaños y cuando subieron para colocarse junto al piano y bajaron la cabeza a modo de reverencia, recibieron el tipo de aplauso reservado para gente de la casa. Al fin y al cabo era su quinto concierto navideño en el Great Hall.

Una vez sentada, Fiona puso la partitura ante ella, ajustó el taburete, respiró hondo y exhaló suavemente el aire para purgarse de los últimos residuos de la reciente conversación, del abogado tartamudo y de las jóvenes y alegres abogadas a las que no daban trabajo. Y de Runcie. No. No había tiempo para pensar. Mark le hizo una señal con la cabeza para indicarle que estaba preparado e inmediatamente sus dedos empezaron a extraer del colosal instrumento los acordes dulcemente oscilantes a los que ella parecía seguir mentalmente. La entrada del tenor fue perfecta y al cabo de unos compases se fundieron en una unidad de propósito que rara vez habían conseguido en los ensayos, y en la que ya no se centraban simplemente en que las cosas salieran bien, sino que se disolvían en la música sin esfuerzo. A Fiona se le pasó por la cabeza la idea de que quizá había bebido la cantidad precisa de vino. El fluido y profundo poder del Fazioli la elevaba. Era como si una corriente de notas les estuviera transportando a ella y a Mark río abajo como plumas. La voz de Berner le sonaba más cálida en los oídos, daba de lleno con la nota exacta, exenta del vibrato poco melodioso en que a veces incurría, dispuesta para encontrar todo el placer en el arreglo que Berlioz había hecho de la «Villanelle» y luego, más adelante, en el «Lamento», toda la tristeza del verso que decaía abruptamente, *Ah! Sans amour s'en aller sur la mer!* Fiona tocaba como si el piano se ocupara de sí mismo. Cuando sus dedos pulsaban el teclado, se oía a sí misma como si estuviera sentada al fondo del auditorio, como si lo único que se le exigiera fuese estar presente. Ella y Mark entraron juntos en el hiperespacio sin horizonte de la ejecución musical, más allá del tiempo y de cualquier objetivo. Fiona sólo era débilmente consciente de que algo aguardaba su retorno porque estaba lejos por debajo de ella, era una mota intrusa en un paisaje conocido. Quizá no estuviera allí, quizá no fuese cierta.

Emergieron como de un sueño y una vez más se colocaron juntos ante el auditorio. El aplauso fue sonoro, pero siempre lo era. En el ánimo de la generosidad estacional del Great Hall, a menudo era más ruidoso para las actuaciones más flojas. Sólo cuando su mirada coincidió con la de Mark y vio el brillo en sus ojos tuvo Fiona la certeza de que habían traspasado los confines habituales de un concierto de aficionados. En realidad habían aportado algo más a la pieza. Si había entre los oyentes una mujer a la que Mark había querido impresionar, entonces había sido cortejada al estilo antiguo y sin duda se prendaría de él.

Se hizo el silencio bruscamente cuando ocuparon sus puestos para la versión de Mahler. Ahora Fiona estaba sola. Daba la impresión de que la larga introducción, a medida que se desarrollaba, se la estaba inventando la pianista. Con infinita paciencia tanteaba dos notas que se repetían, añadía otra y después repetía las tres, y hasta la cuarta la línea no se estiraba por fin, exuberante, hacia arriba, para convertirse en una de las más deliciosas melodías que el compositor había concebido nunca. Fiona no se sintió tristemente expuesta. Incluso consiguió alcanzar lo que constituía una segunda naturaleza en los pianistas de primera fila y arrancar de algunas notas por encima del do medio un sonido como de campana. En otro fragmento, pensó que sus dedos podían convencer a los oyentes de que oían el arpa que pertenecía a la versión orquestal. Desde el momento de su entrada, Mark captó el espíritu de resignación tranquila. Por alguna razón se había empeñado en cantar en inglés, no en alemán, una libertad sólo consentida a los aficionados. La novedad fue la inmediatez con que todos percibieron a un hombre que se retira del tumulto. *Estoy, en verdad, prácticamente muerto para el mundo.* La pareja notó que estaban cautivando al auditorio y su interpretación se elevó aún más. Fiona también sabía que avanzaba con paso majestuoso hacia algo horrible. Era verdad, no lo era. Sólo lo sabría cuando la música cesara y tuviera que afrontarlo.

De nuevo aplausos, las leves reverencias y, ahora, las peticiones de un bis. Hubo incluso espectadores que daban patadas contra el suelo, y el ruido que hacían iba en aumento. Los intérpretes se miraron. Había lágrimas en los ojos de Mark. Fiona notó que su propia sonrisa era rígida. Tenía un gusto metálico en la boca cuando se volvió hacia el taburete y se hizo el silencio entre el público. Durante unos segundos mantuvo las manos sobre el regazo y la cabeza gacha, negándose a mirar a su acompañante. Ya habían acordado que sería «An die Musik», de Schubert, la pieza elegida que tocarían de memoria. Una de las favoritas de ambos. No les había fallado nunca. Para prepararse, descansó las manos sobre las teclas pero no levantó aún la cabeza. El silencio en la sala era total y finalmente ella comenzó. El fantasma de Schubert podría haber bendecido la introducción que tocó, pero las tres notas ascendentes, un acorde tiernamente truncado por un eco más bajo, y de nuevo más bajo todavía, y por fin resolutivo, nacía de otra mano. En las silenciosas notas reiteradas que vibraban al fondo podría haber habido un gesto dedicado a Berlioz. ¿Quién sabía? Hasta la canción de Mahler, con su melancólica aceptación, quizá subliminalmente hubiera inspirado a Britten en aquel arreglo. Fiona no transmitió una disculpa en dirección a Mark. Tenía la cara tan rígida como su sonrisa de antes y sólo miraba a sus manos. Él dispuso tan sólo de unos segundos para recomponer sus pensamientos, pero al respirar estaba sonriendo y su tono fue dulce, más dulce aún en la segunda estrofa.

Estábamos junto al río mi amor y yo en un campo,
y en mi hombro inclinado ella posó su mano de nieve.
Me pidió que tomara la vida con calma,
tal como la hierba crece en las riberas;
pero yo era joven e insensato y ahora soy todo llanto.

Aquel público era siempre generoso, pero rara vez se ponía en pie para aplaudir. Era algo propio de los conciertos pop, así como los gritos y silbidos. Pero ahora todos los espectadores se levantaron a la vez, y los únicos que titubearon un poco fueron algunos miembros mayores del poder judicial. Entusiastas, otros espectadores más jóvenes gritaban y silbaban. Pero Mark Berner recibió la ovación solo, descansando una mano en el piano, y asentía y sonreía agradecido, y también miraba inquieto a su pianista, que cruzó a paso ligero el escenario, con la mirada clavada en sus pies, y bajó los escalones, se abrió paso entre los componentes del cuarteto de cuerda, que estaban esperando, y se precipitó hacia la salida. La opinión general fue que la experiencia debía de haber sido inusualmente intensa para ella, y los letrados y las amistades de Fiona se mostraron comprensivos y aplaudieron cada vez más fuerte mientras ella pasaba por delante.

Recogió su abrigo y, sin hacer caso del nuevo aguacero, volvió a su casa lo más rápidamente que le permitieron los tacones altos. En la sala había un par de velas donde las habían dejado sin prestar atención. Con el abrigo puesto y el pelo aplastado contra el cráneo y agua goteando por el cuello hasta más abajo de la cintura, se quedó inmóvil, tratando de recordar un nombre de mujer. Habían sucedido muchas cosas desde la última vez que había pensado en ella. Marina Greene. Fiona sacó el móvil de su bolso y llamó. Se disculpó por llamar a horas intempestivas. Hablaron brevemente porque de fondo se oían gritos de niños chillando y la joven parecía cansada y agobiada, Sí, lo confirmaba. Hacía cuatro semanas. Le dio los pocos detalles que sabía y dijo que le sorprendía que no hubieran informado a la jueza.

Se quedó de pie en el mismo sitio, con la mirada fija, sin ningún motivo particular, en el plato de comida que su marido había preparado, con la mente compasivamente en blanco. La música que acababa de tocar no resonaba en su cabeza, como solía ocurrir. Había olvidado el concierto. No pensaba en nada, si es que era neurológicamente posible no pensar. Pasaron unos minutos. Imposible saber cuántos. Se volvió al percibir un sonido. El fuego estaba agonizando y se derrumbaba en la chimenea. Se acercó a él, se arrodilló y se puso a avivarlo, levantando fragmentos de madera y carbón, más con los dedos que con las tenazas, y los fue colocando encima o cerca de las brasas que quedaban. Al tercer intento con el fuelle, una astilla de pino prendió una llama que se extendió a dos leños más grandes mientras ella observaba. Se acercó más y ocupó su visión el espectáculo de las llamas diminutas cuyos bordes cabeceaban y acometían contra la negrura del carbón de alrededor.

Por fin surgieron pensamientos en forma de dos preguntas insistentes. ¿Por qué no me lo dijiste? ¿Por qué no me pediste ayuda? La respuesta se la dio su propia voz imaginaria. *Se lo dije.* Se levantó, consciente de un dolor en la cadera mientras iba al dormitorio en busca del poema sobre la mesilla de noche, donde había estado durante seis semanas. Su tono melodramático, la insinuación puritana de que una tentativa de liberación, la de arrojar al río

200

la pesada cruz y recibir un casto beso, tuvo que ser una inspiración satánica, la disuadieron de releerlo. Había algo húmedo o sofocante en la parafernalia cristiana: la cruz, el ciclamor, las trompetas. Y ella era la mujer pintada, el pez con arcoíris en las escamas, la pérfida criatura que descarriaba al poeta y le besaba. Sí, aquel beso. Era la culpa lo que la había mantenido lejos.

Se acuclilló de nuevo junto al fuego y dejó el poema ante ella, sobre la alfombra de Bujará. Las huellas de sus dedos dejaron una mancha de polvo de carbón en la parte superior de la hoja. Fue directamente al último verso: Jesús de pie, milagrosamente, sobre las aguas del río, anunciando que el pez era Satanás disfrazado y que el poeta «debía pagar el precio».

Su beso era el beso de Judas, su beso traicionó mi nombre.
Que quien

Cogió sus gafas de la mesa a su espalda y se aproximó para seguir las palabras tachadas y rodeadas por un círculo: «cuchillo» estaba tachado, y también «pagar», «Deja que él» y «culpa». Las palabras «él mismo» habían sido borradas, reescritas, eliminadas de nuevo. «Debes» había sustituido a «no debes» y «arrojé» a «hundí». «Que» estaba aislado, sin encerrar en un círculo, flotante sobre la refriega, con una flecha que indicaba que había que reemplazarlo por «Y». Estaba descifrando las pautas de sus métodos y su letra. Y entonces lo comprendió, lo vio claramente. Incluso había una línea de conexión serpenteante entre las palabras elegidas. El Hijo de Dios había proferido una maldición.

Que quien arroja mi cruz se mate con su propia mano.

No se volvió cuando oyó que abrían la puerta de la calle, y fue así como Jack la vislumbró al pasar por delante de la sala para ir a la cocina. Supuso que estaba ocupándose del fuego.

–Que arda a tope –le gritó. Y a continuación, desde más lejos–: ¡Has estado magnífica! Le ha encantado a todo el mundo. ¡Qué conmovedor ha sido!

Cuando regresó con la botella de champán y dos copas limpias, ella se había levantado para quitarse el abrigo. Lo tiró sobre el respaldo de una silla y se descalzó. Seguía plantada en el centro de la habitación, esperando. Jack no advirtió su palidez cuando le dio una de las copas y ella la sostuvo en la mano para que se la llenara.

–El pelo. ¿Te traigo una toalla?

–Ya se secará.

Jack quitó el tapón metálico y le sirvió el champán, después se sirvió él y dejó la copa mientras iba a la chimenea, vaciaba en ella el cubo de carbón y añadía tres leños grandes, como formando un wigwam. Encendió la cadena musical y puso otra vez Jarrett.

Ella murmuró:

–Ahora no, Jack.

–Por supuesto. ¡Después de lo de esta noche! Qué idiota soy.

Ella vio que lo que Jack quería era reanudar enseguida lo que estaban haciendo antes del concierto, y sintió lástima por él. Hacía todo lo posible. Enseguida querría besarla. Volvió junto a Fiona y en el silencio, que le había silbado en los oídos en el instante en que se apagó la música, las copas chocaron y ellos bebieron. Luego él habló de la actuación de Fiona y Mark, de las lágrimas de orgullo que le bañaron los ojos cuando todos se levantaron al final, y de los comentarios posteriores de la gente.

–Ha salido bien –dijo ella–. Me alegro muchísimo de que haya ido bien.

Jack no era músico, sus gustos se limitaban estrictamente al jazz y los blues, pero lo que dijo del concierto fue bastante convincente y rememoró las piezas por separado. *Les nuits d'été* fue una revelación. Le había conmovido especialmente el «Lamento», hasta comprendió el francés. En cuanto a la pieza de Mahler, tendría que escucharla de nuevo porque intuía en ella un enorme cúmulo de sentimiento, pero la primera vez no pudo captarlo del todo. Se alegraba de que Mark lo cantara en inglés. Todo el mundo conocía el impulso de huir del mundo, pocos se atrevían a la huida. Ella escuchaba con semblante grave, o lo aparentaba, y asentía y daba respuestas breves. Se sentía como un paciente de hospital que anhela que su amable visitante se vaya para reanudar su situación de enfermo. El fuego prendió y Jack, al advertir que Fiona tiritaba, la llevó hacia la chimenea y sirvió allí lo que quedaba de champán.

Llevaban mucho tiempo viviendo en la plaza y él conocía a los letrados del Gray's Inn casi tan bien como ella. Empezó a hablarle de la gente con la que se había encontrado aquella noche. La plaza estaba muy unida, sus habitantes les fascinaban. La autopsia al final de una velada era uno de los rasgos de su vida conyugal. Para ella era fácil mascullar respuestas ocasionales. Jack se mantenía en un estado de euforia, emocionado por la actuación de Fiona y por lo que pensaba que vendría después. Le habló de un penalista que estaba fundando una escuela libre con otras personas. Necesitaban una traducción al latín para su lema: «Cada niño es un genio.» Un máximo de tres palabras, lo bastante cortas para poder coserlas en la chaqueta escolar, debajo de un fénix heráldico que se alzaba de las cenizas. Era un problema fascinante. El genio era un concepto del siglo XVIII, y las equivalencias en latín de «niño» especificaban en su mayoría el sexo. Jack había encontrado «*Cuiusque parvuli ingenium*», no tan fuerte como genio, pero dotes o agudeza natural servirían. Si fuera necesario *parvuli* podría incluir a las chicas. Entonces el abogado le había preguntado si le interesaría organizar un curso de latín activo para alumnos de once a dieciséis años y de niveles diferentes. Un desafío. Irresistible.

Ella le escuchaba, inexpresiva. Ningún hijo suyo llevaría nunca una insignia tan preciosa. Comprendió que estaba excesivamente vulnerable. Dijo:

–Sería algo bonito.

Él captó el desánimo en su tono y la miró de un modo distinto.

–Te pasa algo.

–Estoy bien.

Luego, frunciendo el ceño al recordar la pregunta que no le había hecho, él dijo:

–¿Por qué te has ido al final?

Ella vaciló.

–Era demasiado para mí.

–¿Que todos se levantaran? Yo casi pierdo la compostura.

–Fue la última canción.

–Mahler.

–«The Salley Gardens».

Él adoptó una expresión divertida, incrédula. Le había oído tocar la pieza con Mark una docena de veces.

–¿Por qué?

En su expresión había también cierta impaciencia. Estaba deseoso de cumplir la promesa de una noche maravillosa, de recomponer su matrimonio, de besarla, abrir otra botella, llevarla a la cama, armonizar una vez más su convivencia. Ella le conocía bien, vio todo esto y otra vez sintió lástima por él, pero la sintió desde una gran distancia. Dijo:

–Un recuerdo. Del verano.

–¿Sí? –En su tono sólo había una curiosidad ligera.

–Un chico tocó para mí esa canción con su violín. Era un principiante. Fue en un hospital. Yo le acompañé cantando. Creo que hicimos un poco de ruido. Después quiso tocarla otra vez, pero yo tenía que irme.

Jack no estaba de humor para acertijos. Se esforzó en reprimir la irritación en su voz.

–Vuelve a empezar. ¿Quién era?

–Un chico muy extraño y muy guapo.

Lo dijo vagamente, como con desgana.

–¿Y?

–Suspendí la vista mientras iba a verle al hospital. Te acordarás. Un testigo de Jehová muy enfermo que rechazaba el tratamiento. Salió en los periódicos.

Si había que recordárselo era porque él estaba en el dormitorio de Melanie en aquel momento. De lo contrario hubieran comentado el caso.

Dijo, incondicional:

–Creo que me acuerdo.

–Autoricé al hospital a que le tratase y se recuperó. La sentencia tuvo..., le afectó mucho.

Estaban como un momento antes, a ambos lados del fuego, que ahora desprendía un calor intenso.

–Creo..., creo que me tomó un gran afecto.

Jack posó su copa vacía.

–Sigue.

–Cuando hice el circuito me siguió a Newcastle. Y yo...

No iba a decirle lo que ocurrió allí, pero luego cambió de opinión. No tenía sentido ocultar algo ahora.

–Anduvo bajo la lluvia para venir a buscarme y... Cometí una estupidez. En el hotel. Perdí la cabeza... Le besé. Le *besé*.

Él dio un paso atrás para apartarse del fuego, o de ella. A Fiona ya le daba igual.

–Era el muchacho más dulce del mundo –susurró–. Quería venir a vivir con nosotros.

–¿Nosotros?

Jack Maye había llegado a la mayoría de edad en los años setenta, en medio de todas las corrientes intelectuales de la época. Había enseñado en una universidad durante toda su vida adulta. Lo sabía todo sobre lo ilógico del doble rasero, pero el conocimiento no le protegió. Fiona vio en su cara la ira que le tensaba los músculos de la mandíbula, le endurecía los ojos.

–Pensaba que yo podía cambiarle la vida. Supongo que quería convertirme en una especie de gurú. Pensaba que yo podía... Era tan serio, estaba tan hambriento de vida, de todo. Y yo no...

–O sea que le besaste y quería vivir contigo. ¿Qué intentas decirme?

–Le rechacé. –Movió la cabeza y por un momento no pudo hablar.

Después miró a Jack. Él se mantenía muy apartado de ella, con los pies separados, los brazos cruzados y su cara bonancible, todavía agraciada, rígida de furia. Por el cuello abierto de la camisa le asomaba un mechón ensortijado de vello canoso. Alguna vez ella le había visto rizárselo con un peine. Que en el mundo hubiera tantos detalles de este tipo, tantos puntos diminutos de fragilidad humana, amenazó con aplastarla, y tuvo que desviar la mirada.

Sólo entonces, cuando escampó, se dieron cuenta de que la lluvia había estado fustigando las ventanas.

Él rompió este silencio más profundo.

–¿Y qué ocurrió? –dijo–. ¿Dónde está ahora?

Ella contestó con una calma monocorde.

–Runcie me lo ha dicho esta noche. Hace unas semanas la leucemia volvió a aparecer y le ingresaron en un hospital. Se negó a permitir que le hicieran una transfusión. Lo decidió él. Tenía dieciocho años y nadie pudo hacer nada. Se negó y los pulmones se le llenaron de sangre y murió.

–Así que ha muerto por su fe. –La voz de su marido era fría.

Ella le miró sin comprenderle. Era consciente de que no se había explicado en absoluto, de que había muchas cosas que no le había dicho.

–Creo que fue un suicidio.

Guardaron silencio durante unos segundos. Oyeron voces, risas y pasos en el square. El público del concierto se estaba dispersando.

Jack carraspeó suavemente.

–¿Estabas enamorada de él, Fiona?

La pregunta la desarmó. Lanzó un sonido terrible, un aullido sofocado.

–¡Oh, Jack, no era más que un niño! Un chico. ¡Un chico encantador!

Y finalmente empezó a llorar, de pie junto al fuego, con los brazos colgando inertes a los lados, mientras él la observaba, conmocionado por ver a su mujer, siempre tan reservada, devastada por la congoja más extrema.

Ella no podía hablar ni contener el llanto, y ya no soportaba que la vieran. Se agachó para recoger sus zapatos y salió corriendo de la habitación al pasillo descalza, sólo con las medias. Cuanto más se alejaba de él, más fuerte era su llanto. Llegó al dormitorio, lo cerró de un portazo

207

y, sin encender la luz, se desplomó en la cama y hundió la cabeza en una almohada.

Media hora después, cuando despertó de un sueño en que escalaba desde las profundidades una interminable escalera vertical, no recordaba cómo se había quedado dormida. Todavía aturdida, siguió acostada en su lado, enfrente de la puerta. Por el resquicio de abajo, una ranura de luz en el pasillo la tranquilizaba. Pero no así las escenas imaginarias que veía. Adam que caía enfermo de nuevo, que volvía debilitado a casa de sus amantes padres, se reunía con los ancianos bondadosos, recuperaba la fe. O la utilizaba como la cobertura perfecta para destruirse. *Que quien arroja mi cruz se mate con su propia mano.* A la luz tenue le vio como le había visto en su visita a la unidad de cuidados intensivos. La cara pálida y delgada, el cerco morado debajo de los enormes ojos violeta. La lengua reseca, los brazos como palos, tan enfermo, tan decidido a morir, tan lleno de encanto y de vida, con páginas de su poesía desperdigadas encima de la cama, suplicándole que se quedara y que volvieran a tocar y cantar juntos cuando ella tenía que regresar al tribunal.

Allí, con la autoridad y la dignidad que le confería su posición, en lugar de la muerte le ofreció toda la vida y el amor que Adam tenía por delante. Y protección contra su religión. Sin la fe, qué abierto y hermoso y aterrador debió de parecerle el mundo. Con este pensamiento se deslizó otra vez hacia un sueño más profundo y despertó minutos después oyendo el cántico y los suspiros de los canalones. ¿Alguna vez dejaría de llover? Vio la figura solitaria que subía el sendero de entrada de Leadman Hall, encorvado contra el temporal, avanzando en la oscuridad mientras oía la caída de las ramas. Debió de ver al fondo las luces de la casa y supo que ella estaba allí. Refugiado en una construcción anexa, dudaría, aguardaría una oportunidad de hablar con ella, arriesgándolo todo en ese intento de... ¿qué, exactamente? Y creyendo que podría obtenerlo de una mujer sexagenaria que no había corrido ningún riesgo en la vida, aparte de unos pocos episodios temerarios en Newcastle, muchos años atrás. Debería haberse sentido halagada. Y preparada. En cambio, en un arranque imperdonable y poderoso, le besó y luego le expulsó. Después ella también huyó. No contestó a sus cartas. No descifró la advertencia en su poema. Cómo la avergonzaban ahora sus mezquinos temores por su reputación. Su transgresión sobrepasaba el alcance de cualquier comisión disciplinaria. Adam había ido a buscarla y ella no le había ofrecido nada en lugar de la religión, ninguna protección, aun cuando la Ley era clara, su consideración prioritaria era el bienestar del menor. ¿Cuántas páginas y cuántas sentencias había dedicado a este concepto? La asistencia, el bienestar eran sociales. Ningún niño es una isla. Pensó que sus responsabilidades terminaban dentro de las paredes del tribunal. Pero ¿cómo podían terminar allí? Él fue a buscarla, quería lo mismo que quiere todo el mundo y que sólo podían darle los librepensadores, no los seres sobrenaturales. Un sentido.

Cuando cambió de postura sintió contra la cara la almohada mojada y fría. Ya plenamente despierta, la empujó para coger otra y le sorprendió tocar un cuerpo cálido tendido a su lado, a su espalda. Se dio media vuelta. Jack yacía con la cabeza apoyada en una mano. Con la otra le retiraba el pelo de los ojos. Fue un gesto de ternura. A la luz del pasillo alcanzaba justo a verle la cara.

Él dijo simplemente:

–He velado tu sueño.

Al cabo de un rato, un largo rato, ella susurró:

–Gracias.

Luego le preguntó si seguiría amándola después de haberle contado la historia completa. Era una pregunta de imposible respuesta, porque él aún no sabía casi nada. Fiona sospechó que Jack intentaría convencerla de que su culpa era inmotivada.

Le puso la mano en el hombro y la atrajo hacia él.

–Claro que sí.

Estaban cara a cara en la media luz, y mientras la gran ciudad lavada por la lluvia, fuera del dormitorio, implantaba sus más tenues ritmos nocturnos, y su matrimonio se renovaba a trompicones, ella le habló en voz baja y firme de su vergüenza, de la pasión por la vida de aquel dulce chico y del papel que ella había desempeñado en la muerte de Adam.

AGRADECIMIENTOS

Esta novela no existiría sin la ayuda de Sir Alan Ward, hasta hace poco magistrado del Tribunal de Apelación, un juez de gran sabiduría, humanidad y agudeza. Mi relato tiene su origen en un caso que él presidió en el Tribunal Supremo en 1990, y en otro del Tribunal de Apelación en 2000. Sin embargo, mis personajes, sus opiniones, personalidades y circunstancias no guardan ninguna relación con ninguna de las partes en ninguno de ambos casos. He contraído una enorme deuda con Sir Alan por asesorarme sobre diversos tecnicismos jurídicos y asimismo sobre la vida cotidiana de un magistrado del Supremo. Le doy las gracias también por tomarse el tiempo de leer unas pruebas y formular comentarios. Soy responsable de todos los errores.

Asimismo, me he inspirado en una sentencia magníficamente escrita de Sir James Munby en 2012, y, también en esta ocasión, mis personajes son totalmente ficticios y no tienen ninguna semejanza con los protagonistas de aquel caso.

Agradezco los consejos de Bruce Barker-Benfield, de la Biblioteca Bodleian, y de James Wood, del bufete Doughty

Street Chambers. Estoy igualmente agradecido a la lectura de «Managing Without Blood», una reflexiva y amplia tesis del letrado y testigo de Jehová Richard Daniel. Una vez más, estoy en deuda con Annalena McAfee, Tim Garton Ash y Alex Bowler por sus meticulosas lecturas y útiles sugerencias.

IAN MCEWAN

ÍNDICE